人生は心のマラソン鉢巻隊

田方 薫

東洋出版

一花癒笑

人は〝心〟とともに成長していく

はじめに

いろいろな人生街道の中で、複雑な世の中を生きていく道中、ストレスをかなり感じている方も多いのではないかと、感じています。

この本を書くに当たって、最終的に人間の価値観とは、まず〝心〟だということをしみじみと感じ、何故心なのか？　ということを「エッセイ、詩、癒しの写真」とで、表現してみました。肩の力を抜いて誰でもリラックスして読める〝心の本〟であってほしい……今まで不完全燃焼だった心も、読みながら少しずつ燃焼され、生の心をじっくりと絞られて、身体にも良い生絞りジュースの如く……そんな本であってほしい。生きていく中で、心の奥深い部分を自然にキャッチしてきた感触を、〝言葉の塊《かたまり》〟のまま表現せずに、言葉を噛《か》み砕いた状態の中にユニークさを交《まじ》え纏《まと》めてみました。一ページ、一ページ心から訴えるものを「ウッ！　この本は！　違う」と、伝わって戴けるものであれば、ただただ感謝でございます。

机上で学んだ立派な言葉を並べるのではなく、生きた言葉で、頷き、何か必ず参考になり、時には何故か、〝ホッと〟気分転換できて、心の支えになり〝アァ〜読んで良かった!〟と思われるような本であってほしい、そのようなことを原点に活字を躍《おど》らせてみました。「心の三段重」の本として、じっくりと練って、本物の味付けで仕上げた、生きている本でございます。

目次

人生は心のマラソン鉢巻隊

人生の冒険

若い時は、経験不足で分からなくても、それで通るのさ
それは若さの特権だよ！　でもね、その若さに何時までも
甘えてばかりはいられない……みんないつかは必ず歳をとるのさ
さまざまな経験をして、失敗はいっぱい付録につめて
みんな自分の肥やしにした方が特だよ、これも財産のひとつだよ
人生街道をしっかりと踏みしめて、足踏みでもなく、後退でもなく
チョットだけ前進をしながらネ！　人生の奥深い冒険をして行こうよ
朝靄《もや》のかかった景色の先には、生きている限り誰でも通れる、
未知の世界が待っているよ
だからこそ諦《あきら》めずに歩こうよ！
〝人生の冒険〟に向かって、きっと！　いい響きの音が待っているよ

人間は誰でも〝神袋〟を携帯して生まれてくる

人間社会を泳いできて、最近特に感じることがあるのです。

この世に生を受け生まれ出てきた一人ひとりの人間に対して、神様はどんな人にも必ず何か、最低一つは、〝才能的なもの〟を与えて下さっているのではないか……それを〝神袋〟といたしましょう。

ところが残念なことに、本人自身はその〝神袋〟を携帯して生まれてきていることすら気が付かないのです。丁度、開けてみないと、何が入っているか分からない〝福袋〟のように……〝才能的なもの〟とはいったい何なのか、どんなものを携帯して生まれてきているのか、備わっていることすら分かっていないのです。

何故そんなことを？　神のみぞ知る……どんな人間にも平等に与える一回きりのプレゼントとして……そんなことを強く感じます。

でも殆《ほとん》どの人は、そのチャンス（生かす舞台）にも恵まれず、気がつかないまま〝神袋〟に手もつけず、携帯したままで、天国へ旅立っていってしまう……残念ですがそんな人が多いように感じます。

例えば生きて行く段階で、どうにもならない様々な問題に遭遇《そうぐう》し、試行錯誤《しこうさくご》しながら手探《てさぐ》り状態でやっと道を切り開いた。その結果の奥底にその種が眠っていたとか……

また不慮《ふりょ》の事故で、五体が満足に使えなくなってしまった。そのような状態に陥《おちい》った時、当人は悩んだり、悲しんだり、苦しんだり、生きる望みを失ったりと、絶望の淵に立たされて、もがき、うっ積したその気持ちの捌《は》け口が無い……そんな心の葛藤《かっとう》をしながら迷路をさまよう中で、ひたすらその気持ちを訴えるために、生きるぎりぎりのところで、何かを自然に求めざるを得ない。そのような状態の時に、五体満足なときには、使うことすら考えられなかった筈なのに、〝神袋〟が目覚めるのです。そして、その隠れていた才能が働き始めるのです。「心に響く詩」が浮かんできたり、心を癒してくれる素晴らしい絵を描くようになったり、また奥深い心の言葉が生まれてきたり、考えても見なかったことが、不思議とすらすらと書けるようになったりと、当人は気が付かず、手探りのもやもや状態の中で、心の訴えから必死に求めている時に、一つの優《すぐ》れたものが形となって飛び出してくるのです。自分自身のことなのに、そこで初めて意外だと気付く人もいる筈です。

こんな風に、並みの精神状態と並みの努力では、中々現れてこない（極限《きょくげん》状態によって現れる）となるわけです。但しこのようなことは、どんなことでもそれ以前に本人なりの限りない〝追求と努力〟の奥底の深い道を通った後から現れるものではないでしょうか？

この〝神袋〟とは、世のため人のためになればこそ、〝持参付き〟で与えられ、生まれてくることが原点のような気が致します。

森の神様

感動の紅葉の季節、あまりの自然の美しさに目線は上の方
ちょっと外れた道なき道、かさこそ、かさこそ、と入ってカメラレンズ
のシャッターを切る、急いで元の道に戻ろうと、一、二歩踏み出すと
どこからともなく声が聞こえる「チョット！　ここに森の主がいるのが
分からないのかい！」エッ！　思わず声のほうを振り返る……
ナ、ナント！　びっくり思わず「森の神様が、いたっ！」と自分の声
「いつでも必ずどこかで行動は見ているよ、気が付いたかね……」と、
枯れ葉の神様が言っているように　聞こえた
思わずシャッターを五、六枚切らして頂いた
何とも不思議な枯れ葉の神様のご対面の一日でした

心の操縦ボタン

「今そこで何をしているの！」

「どうしたの！」

焦《あせ》る気持ちは山ほどあるけれど……瞬間的に自分で自分が操縦できなくなる！　今自分の中で〝心〟同士が試行錯誤《しこうさくご》して渋滞中、前進も後退もなく足踏み状態、そして自分のことなのに何故か霞《かすみ》がかかってよく見えない！　パソコンの世界ではないけれど瞬時に心が固まってしまった……この状態、こんな気持ち……味わったことありますか？

不安、焦《あせ》りからくる味わったことのない胸の張り裂けそうな大きな動悸《どうき》「ド～ン！　ド～ン！」と、息苦しくなってくる。

自分のことよりも人のことと、馬鹿のような人の良さ、そんなところにまたもや人間の汚い部分を見せつけられる。これが人生の道なのか……しみじみ味

わい、複雑な回路から涙が溢れ出てきて止まらない〝心の〟苦しさ、悲しさ、空しさ、弱さ、情けなさ……。

これでもか！　これでもか！　と次から次へと厳しい無情な風が吹く……。そんな中、所々に励ましの涙雨が降り「そんな弱い人間でどうするんだ！　今までつくり上げてきた姿を踏み台にして頑張れ！　頑張るんだ！　負けるな！　しっかりしろ！」と、自分で自分に叱咤激励《しったげきれい》をし、へたへた心に鞭《むち》打って、立ち上がって、よろよろっと一歩一歩進んでいく。その先には誰にも分からない、自分だけのご褒美《ほうび》（人間の裏側の醜《みにく》い部分や、逆に良い部分が読めてくる）が待っている。この価値あるご褒美はこのような状態の時しかもらえない殆《ほとん》どの人には見えない部分、だからこそ自分で人生の道を切り開くしかない。

悩み、苦しみ、複雑な涙は止まらず、様々なことが頭の中で運動会をしている。

「次のステップに踏み出さなくては」

「早く！　早く！　早く！」

足踏みだけで進まない……

息の出来なくなるような苦しみを味わって……そんな中から〝心の切り替えスイッチ〟というものが生まれてくる。なかなかできるようでできないこの〝心の操縦ボタン〟心の中にいくつの操縦ボタンを埋め込むことができるか、できないか、数が多いほどその人の人生の深さを物語る……生きているからこそつくられるこの操縦ボタン。このボタンは〝素早く〟時には〝ゆっくり〟と、暫しの操縦時間を必要とする……そんな中から出来上がった深い心というものは、誰にもコピーできない自分だけの重みある財産となるわけです。

人生
曇りもあれば
雨もある
そんな中から
味もでる

綿菓子の心

青空は曇った心を揉《も》みほぐしてくれるんだ！
考えてばかりいて、下ばかり向いていると、下向き人生になっちゃうよ！
上を向いて青空と語り合おうよ……ただいま〝頭の中は休息中〟
そんな看板かかげてね、くよくよしても仕方ないよ
なるようにしかならないんだから……
ホント、ホント、そんな気持ちになってくるよ……
この大空の元で、時には〝吹っ切る枝も必要だよ〟
〝心〟はねナイーブだから綿菓子のように
ふわ～ふわ～っと、やさ～しく、やさ～しく、抱っこして
上向き人生に育てていかないと自分が持たなくなるよ……

ちょっと、〝税金さん!〟

こんにちは! 一般庶民が何とも気になっている〝税金さん!〟そんなに忙しく日本中を駆《か》けずり回らなくてもいいのでは?

年中無休で、くまなく歩き数字を抱えきれない程、持って帰るのはご立派ですネ。

但しこれからは庶民街道をひたすらまっしぐらに、横道それずに、立ち止まらずに(何処へ持っていこうか考え込む)決して埋蔵金にも忍び込まずにまともな道をひたすらスタスタと反省しながら歩いて行ってほしい。

世の人達の為に全国を駆けめぐり本当に役に立つかと考えて、もっとも必要な所には腰を下ろし、ホッと一息してほしい……そこには黙っていても、きっと美味しいお茶が出ることでしょう。

すると少しずつ、少しずつ、人間空気も復活しながら歩き出し、健康な空気、健康な考え、健康な行動、として育ってきて人間が生きていける空気が漂いはじめ、当の税金さんも、まともな税金街道を堂々と走れるようになるのでは……その時の通行料は、どこまで走っても特別にサービス致しますからね、税金さん！

カラオケ
松屋
松屋

祭り太鼓に誘われて

それは七月の半ば頃あちこちで盆踊りの音が聞こえてくる季節、小さな公園でのこと。二、三日後の本祭りを前に地域の人が、太鼓と一緒に盆踊りの練習をしていた時の、ひと場面でした。

薄暗くなりかけた時間帯に、ちょうど年の頃は五〇歳前後位の男性でした。背格好はあまり大きくなく、細くておとなしそうな作業服姿の地味な感じの方でした。この辺の方ではないような雰囲気で、お仕事の途中なのか？ 帰宅の途中なのか？ 軽のトラックをちょっとずらして道端に止め、懐《なつ》かしそうな何とも言えない癒される顔をして、運転席に座っていました。ハンドルの下では、人に分からないように小さく手拍子しながら、祭り唄を口ずさんでいました。

私は反対側から車でスピードをおとしながら通りがかり、その姿を見て瞬間的に感じたことですが、今のこの場面は人間が感じとらなくてはならない本質的なものではないか……一人の人間として生きていく上での奥深い味付けの部分、〝心〟でキャッチする場面のように感じたのです。

長い人生の中には、人間一人ひとりさまざまなドラマがあります。そのドラマの一齣《ひとこま》にとって、なくてはならない〝空間《スペース》〟、ほんの一時の癒しの場面のように感じられたのです。何故かその人が決して、今幸せに生きているようには見受けられませんでした。私の眼は潤みながら、心の中で「幸せになってほしい」という気持ちのままハンドルを握って過ぎ去ったのでした。

思い出の音

人生を物語る思い出の音、誰でも脳裏《のうり》に焼きついているよ
心に響く生活の音、〝チリン、チリ～ン、チリン、チリ～ン〟
涼しさを一緒に乗せて響《ひび》いてくるアイスキャンデ～屋さんの音
〝カッコウ～〟〝カッコウ～〟と、〝カッコウ鳥〟の鳴き声が……
早朝に響く〝ナットウ～、ナット、納豆～〟と、三角の経木《きょうぎ》に包んだ
納豆売りのおじさんが自転車でやってくる……
夢のドラマをいっぱい乗せた、紙芝居のおじさんもやってきた……
そのおじさんの手からこぼれる音は〝カチッ！　カチッ！　カチッ！
カチッ！〟と
広がる拍子木の音……みんな、みんな、夢の音！　が踊っていたね……
昔の〝ひとこま、ひとこま〟には、心の通う温かいドラマ風が

吹いていたよ……貧しい時代でも、〝人間も〟〝音〟も、今より
ず～っと生き生きしていたよ

頭脳の中の神の舞い

人間には神様の与えてくれた、限りなく前進できる頭脳が備わっているようです。生きていく上で必要なものに対して、更なる利便性を追い続けて、もうこれ以上のものは考えられないのではないかと思っていても、限りなく次から次へと新しい時代に向かって新発想が生まれてくる。

やっぱり人間の能力は凄《すご》い！　必要なものに対して限りなく追求していく。無限の発想と閃《ひらめ》きの中から生まれてくる〝頭脳の中の神の舞い〟として風が吹き、その都度どこにもない素晴らしい実がなって花が咲き、新しいものが開発されていく。このように人間の頭脳というものは磨《みが》けば磨くほどダイヤの如く光ってくる。

こうして見ますと、素晴らしい頭脳の人達と同等レベルに達しているか？いないか？　は別として、神様は、同じ〝生あるもの〟の中で、蛙《かえる》でもなければ、ミミズでもなく、〝最上級クラスの人間階級〟を私たちに与えてくれたわけです。

でも高度で複雑な頭脳を埋め込まれているだけに人間自身の操縦が一番大変となるわけです。

まずは〝人間階級〟にいる自分を意識して、年齢に関係なく、幾つになっても脳に刺激を与えながら、自分なりに少しでも前進をして生きていく気持ちが大切なことではないでしょうか……。

言葉が踊る

ただ生きている……みんなと同じ考えについていれば楽でいい
それでも同じ人間の仲間入り、でもね、その〝生きている〟の、
表現は、もっと、もっと奥深い意味があるんだよ！
同じ物を食べていても、その人の感動の味の表現の仕方で、
人間の持っている〝味心〟も分かるのさ
一人ひとりの人間の中から出てくる言葉は、やっぱり下手でも
心の入った味ある言葉の方が、ず〜っと心を動かすよ
そうさ、そうなのさ、言葉は作らなくていいのさ、感じていることを
素直に出すだけでも感動ものさ、立派な言葉で心が見えず
作られた言葉より、言葉が生きて踊っていた方が数段いいよ！

人間らしく五感の中で泳ぐ

人間社会でさまざまな人と出会う中、心が〝満足〟、〝納得〟、いい気分にさせてくれるような人に、めぐり会えた時の気分は最高です！

会話でも何故か魅力があり、引き込まれてしまう、その人からは何時もオーラが出ているような、そんな人にめぐり会ったことがありますか？

一人の人間として力強いパワーのようなものを感じ、其処《そこ》に潤いが流れ何時も笑みがこぼれているような人、会話をしているだけで元気が出てくるような人、そんな人にめぐり会えただけでも、まずは感謝と言ったところです。

人間は自然と五感に触れるものの中で泳いでいます。音楽を聴いて心が洗われたり、絵を見て素晴らしい！　と感動をしたり、また木々花々の香りで癒されてみたり、時にはそっと一言添えてくれた、そのチョットした一言で気持ちが楽になり心が晴れたり。

また人との交わりの中、「本当に有難う！」とスッと出された握手の手、あの時に伝わった力強い〝ビビーッ〟ときたものなどなど、生きていく中での〝感触〟、〝感動〟、〝感激〟と、そんなスリーテンポを味わうほど、一つ一つの気持ちのスペースが広がり、膨らんで、余裕がでてきて、こくのある深みの増した人間が創り上げられていくのです。

魅力

草花でも花盛りの時は、蜜を求めて色々な昆虫が寄ってくる
人間も一緒だね……若いときは若いというだけで黙っていても
何となく視線を感じる年頃の時がある、でも本当の人間の魅力とは
様々な経験をしながら歳を重ねそれを肥やしにしていく
人生街道の中で泳ぎながら余禄の気持ちを育て、心からの
思いやり、笑顔、感謝、を連れ添って歩いていると
潤いの心が出来上がるんだね……そんな中から深い優しい心が育ち
本物の柔和《にゅうわ》な表情が出来上がり、一人の人間として
素晴らしい魅力が育ち、歳など意識させない
中身の凝縮《ぎょうしゅく》された人間が、出来上がるんだね

「心」のキャッチ

私が親しくさせて戴いている方達から、男女問わず時々出てくる同じような言葉があるのです。

それは、私と同行した時に、

「あなたには、自然と見せられることがある……でも真似をしたくてもできない」

と。

「ほんとうに何故そのような行動が取れるのか、びっくりで、いつも感心させられる」

と言うのです。一例を出してみますと、友人三人で出掛けた際の帰りに、コーヒー専門店に立ち寄りテーブル席がいっぱいだった為、カウンター席に座った時のことでした。手荷物を椅子に置き、

「私が見ているから先に好きなもの頼んできて」

と、その二人が行った後のことです。私の隣には中年のお母さんらしき方と二〇代くらいの娘さんとの二人組みの方が腰を下ろしていました。お店に入って間もないようで、娘さんが席を離れ注文しに行ったようでした。その間、私とその隣の方は、お互い自然と前面のウインドー越しにあるお店に目がいった訳です。

「マァ〜人の出入りが多いこと」

見た目は看板もあまり目立たず、古いお店で、入り口が狭く奥が良く見えないのですが、どうやら回転寿司のようで出入りが多く、恐らく中は意外と広いように感じました。

私は思わず隣の方に、

「いや〜こうして見ていると随分出入りが多いようですね……きっと安くて美味しいのでしょうね〜」

と、自然に笑顔で話しかけました。すると相手の方も、笑顔で私もそう思ってみていたところなのですが……」

と、その後ほんの、二言、三言、交わしたところで娘さんが戻ってきました。

間もなく友人二人も戻ってきたので、それから私たち三人で僅《わず》かな時間の雑談をして、そろそろ席を立とうと思っていたところ、隣の方が先に立ち、笑顔で

「お先に失礼いたします」

と、軽く会釈《えしゃく》して、私も笑顔で

「どうも～」

と……すると友人の一人が

「エッ！　なんで挨拶《あいさつ》しているの？　知っている人？」

と、やはり人間対人間、たとえ知らない同士でも、心でキャッチした言葉には、相手もこのように、心からの言葉が出るものです。さりげないチョッとした会話に見えますが、ただ何の気遣いもなく話しかけたなら、相手は見ず知らずの人です……当然警戒《けいかい》して相手にしません。ここの微妙《びみょう》なニュアンスの違い

を、「真似《まね》のできないところ」と、いっているようです。

でも単純に捉《とら》える人には、この違いに気づかず、ただ簡単な気持ちで誰とでも話しかけている人だと、映《うつ》るようです。また、ただ話しかければ同じような雰囲気になると勘違いして、話しかけては見たものの相手にされず、無視されたあげくに「嫌な人！」と、言っていた人もいました。

私のことを
「いつも見せられ、びっくりして、関心させられる」

と、言う人の真意は、全然知らない人とでも、フッ！　と自然な分囲気にもっていきながら、相手を構えさせずにス〜っと話しかける……と、いうことを言っているようです。この辺の違いなのでしょうか。

私の方も瞬時に相手の雰囲気を見て判断しながらのことなのですが、声をかけられた相手の方も無意識に私の雰囲気を見てから言葉を発している、ということに繋《つな》がってくるようです。

12:30

空気の泳ぎ

新鮮な空気は心洗われるよ！　生きている者には淀んだ空気は
合わないんだね
でも淀んだ空気（曲がった心）で泳いでいる人達は、澄んだ空気
（素直な心）が息苦しいのさ！
不思議だね……でも、どんな空気でも慣れてしまえば感じなく
なってしまうのさ
〝ア～恐い恐い〟〝世間の人は己に優しく人に厳しく〟生きている
でも違うんだな……本当は〝己に厳しく、人に優しく〟なのさ！
淀んだ空気の人達に巻き込まれずに、冷静な目で見て、冷静に判断、
気がつけば、いつの間にか、〝心の指定席〟に戻っていたよ
ここが大事なポイントなのさ

自然から生まれた傑作品の野菜

四季折々の中から生まれてくる野菜、果物など、やはり旬のものは、自然から生まれた本当の美味しさがあるようですね。

本来であれば、人間も一人ひとりがそれぞれ人間らしい心を持って、個性的に自由に羽ばたいて生きていける世の中ではなかったのでしょうか?

自然と仲良くしながら生きている、大地の恵みの野菜、果物
雨の日には雨に従い……それなりの姿で逆らわず雨降りの態勢で
風の時は風に身を任せ……正面、横風、斜風……柔軟に身体を任せ
太陽が降り注ぐときには……肩の力を抜いてしっかりと太陽を浴び
何の抵抗もせず（ぶら下がったり、仰向けになったり、うつ伏せになったり）
それぞれ健康的な自然な姿の色に生まれ変わり成長をして……

トマト、ナス、ピーマン、きゅうり、ほうれん草、など、自然の中の〝自然から生まれた傑作品〟が出来上がり、それぞれ個性的に育ち、自然な旬の味と姿に成長し、人間の身体に優しい生きる活力の出る野菜となって私たちに美味しさを提供してくれるわけです。

キュウリ一つとってみても、成長過程では日差しに抵抗することなく、右へ曲がったり左へ曲がったりと、時には「エェイなるようになれィッ！」と先端細く急に太っ腹になってみたりと、そんな形が出来上がる。

大きさでは勝てないが、小さくても自分なりに色付けをしてしっかりと自己主張している〝真っ赤なトマト〟また、決してスマートとは言えない、元気の良い、葉っぱのふさふさした〝腕白大将〟にイメージぴったりの根元の赤い〝ほうれん草〟などなど……一つひとつどれを取ってみても、自分なりに一生懸命生きて貴重な自然の恵みの姿に衣替えをして、それぞれの傑作品を作り上げているわけでございます。

自然の中で生まれたものは、人間にとっても最高の美味となり、身体にも良い。人間もこの野菜のようにできるだけ自分なりに自信を持ち、人は人、自分は自分と、人と比較することなく自然な姿で（素直な嫌みの無い、自分だけのカラーを創り上げて）生きて行けたなら本当の本物で、この世にたった一人しかいない自分という存在が、生まれてくるのではないでしょうか。

心の肥料

若かった！　無茶もした！　努力もした！　体も壊した！
考えることも浅かった！　失敗もした！　後悔もした！
反省もした！　落ち込んだ！　泣いた！
みんな、みんな自分を支える心創りの肥料だね
綺麗な花だけじゃないよ！　生きているもの、みんなに
肥料が必要なんだね……肥料が少ないと
自分の事しか考えない嫌な人間になってしまうんだね

孤独の風船

人間に備わっている孤独の風船の中には、大きな風船（孤独を味わうのが長い期間）と小さな風船（孤独の期間が短い）などさまざまです。

たとえ他愛ない会話でも、日々の生活の中で自然に言葉を交わす人がいるだけで「幸せ」と思う人がどの位いるでしょうか？　そんなこと当たり前と、感じている人が大部分かと思います。

大きな孤独の風船を膨らませた人でないと、そんなことも分からないのです。実際はそれだけでも幸せなのです、父、母、夫、妻、子、恋人、友、と、毎日空気の如く触れていると有難いことも有り難いと感じなくなってくる。

そして我儘《わがまま》が出てきて（感謝などという言葉は何処吹く風《どこふくかぜ》）、感情の赴《おもむ》くままに言い合い、争ってしまう。何事においてもそうですが、経験して初めて感じ取れる、その時、その時の、人の態度、言葉遣《ことばづか》いなど、人生ある程度の年齢に辿《たど》りついた時、この大きな孤独の風船を味わったことがあるか、ないかによって無理をしなくても自然に感謝という言葉が生まれてくるのです。

孤独といっても人それぞれ、色々なパターンがあり、そのニュアンスも異なりますが、行き着くところの意味は同じではないでしょうか。

孤独を味わうウサギさん

学校のウサギさん、一匹を残してみんな天国へ行ってしまった
可哀想なウサギさん、生徒たちもみんな心配している
夜は話し相手もいない寂しそうなウサギさん
暗く寒い冬の夜、毎晩広いウサギ小屋には、たったの一匹で
何の音も無く、静かで、真っ暗な所にいるウサギさん
いつも真ん中にうずくまって時折「カサ！」「コソ！」と
暗いところで音がしている、孤独に耐えて、誰にも頼れず
一生懸命生きているウサギさん、頑張れ！　頑張れ！
生き物はみんな孤独と背中合わせなのだ

スポーツ選手から学ぶ根性魂

一度しかない人生、同じ人間であるならば、この世に自分という存在がありながら、ないようなままで生きていくよりは〝山椒は小粒でもピリリと辛い〟と、言われているように、それなりに自分という存在を表現して生きていけたなら……そんなことから特に感じていることですが、スポーツ選手などは誰をとってみても、みんな共通している部分は〝根性！〟という言葉を本物にして自分を創り上げている、鍛えて！　鍛えて！　鍛え抜いて！　出来上がってくる。

頭が下がります。

これこそ正に自分以外、誰も頼ることはできない、全て一〇〇パーセント自分自身に振りかかってくるのです。ひたすら頑張り、努力、努力、努力。結果の良いときには褒《ほ》めて、褒めて、褒めちぎられ、成績が悪くなったとたんに無責任な言葉が歩き出す。そのようなことに惑《まど》わされず己を信じて心を練って、練られて、練って、練られてと……蒲鉾《かまぼこ》のように表面は角を取って丸くして、一線に出てくるまでは並大抵のことではありません。

落ち込み、挫折しかかったり、怪我をして再起不能か？　と苦しんだり、己の心との戦いに入って、孤独の道を歩き、悩み、考え、己自身を練り上げる。うっかり弱音も吐けません。

一生懸命頑張っているさまざまなスポーツ選手から出てくる言葉を常々聞いていますと、必ずといって良いほど一人ひとりから節目ふしめのところで「感謝」という言葉が自然に出ているのです。

スポーツ選手はみんな、どの顔も鍛え上げられ、きりっとした芯のある、いい顔が出来上がっています。

自然の香りのするものは
心を休ませてくれる
不思議な優しさが
遊んでいるよ

幸せのバトンタッチ

生きている！　こんな世の中だからこそ、みんなで手を取り合って
生きていってほしい
人間世界だからこそ幸せのバトンタッチをして生きていかないと
幸せのスタートラインは見えてこない
自分だけ幸せであっても他の人が不幸であれば結局は巡り巡って
不幸な風が吹いてくる
でも〝世の人達は気がつかない〟自分たちさえ良ければ！　と
悲しいかな……そんな空気ばかりが踊っている
人の事など考えない世の中だ！
人間として大事な奥深いものがどんどん離れていく

心の道草

人生街道の中、心の道草をし、抱えきれない程のものを自分の肥やしにしながら生きてきた人と、自分に都合の良い（浅く捉えて）歩きやすい平坦な道の通過で終り、大した肥やしも無く、手ぶらで歩いてきた人との差は大きいのです。〝平坦な道〟組の人に分かってもらおうと真剣に説明してみても、すればするほど相手の方は分からなくなり、くだらない質問が返ってくる。そして説明した分、当人は、空しく、情けなく、悲しくなってくるのです。

あ～ぁ、いくら立派な肩書きをぶら下げた有名な人とて、また一見立派な服装の人達でも一皮むいてみると、何と〝心〟という中身が小さいこと、むいても、むいても皮ばかり。あまりにも偽りの人間の上着〝皮〟が厚すぎて本当の中身の〝心〟を見つけ出すのは大変だ。

人間社会は、とかく見た目だけで判断してしまい、ごまかされてしまう人が多い、反対に心に磨きがかかった人は、上着は薄く中身が大きく背伸びしなくても自然体で生きている……〝心の磨き街道〟を歩いてきた人は自然に軸が出来上がり、五感を働かせる術《すべ》を知っている。

丁度洗濯機の中身のようなもので、

ぐるぐる回りあっちへぶつかりこっちへぶつかり
挟《はさ》まれて苦しいところで逆回転、
自分の隙間《すきま》をやっと見つけ出して、また入り込む、
努力して自分の道を切り開き、
安心するのも束の間《つかのま》、巻き込まれ、また離れてと、
「努力」と「気転」と「忍耐」との三点セット。

洗濯物が綺麗になるのと同じで、自身の心に磨きがかかり、ピッカピカの人

間性が出来上がってくるというわけでございます。

歩幅心のスペース

深い心の人は、学んだ心が凝縮《ぎょうしゅく》されて、いつも待機中
浅い心の人は同じ距離を歩いていても歩幅大きく景色も
手前の方しか見えてない……だから心のスペースが小さくて
交わした言葉だけの理解しか出来ないんだね
深い心の人は細かな歩幅で、〝脇道〟、〝枝道〟、〝分かれ道〟、そんな道を
歩いていると自然に景色が奥の方まで見えて来る、その分、心の奥行き
スペースが大きくなって、交わした言葉の奥まで理解できるんだね

自分を生かすも殺すも（己）次第

一生一度しかない人生、好きなことを自由にやってこの世を去って行きたい……そんな生き方が出来たなら、誰もが後悔せずに〝幸せ人生〟で終われることでしょう。そのようなことを思っても願っても中々思うようにならないのが世の常……

また、生きていく中で、人生街道には〝複雑な化け物〟が出てきて振り回され、時には行く先を妨害されたり、無責任な言葉でピーチク、パーチクと目を白黒させて雀の集会所のように騒いで見たりと、〝人の言葉に惑わされ右へ行ったり左へ来たり〟私の心は一体何処をさまよっているのでしょうか？　となる訳です。

そうです〝心〟が出来上がっていない人程、興味優先で口を開き、耳はダンボのように大きく傾けながら無責任な言葉を発しているのです。自分のとっている恥ずかしい態度、行動すら分からないで……

この世の中、人の作った街道を平然と当たり前の顔をして歩いている人達、苦労しない分だけ〝心も言葉も軽い〟、〝重いのは身体だけ〟となるわけです。

でも多いのですこんな人、みんな果物屋に並んでいる〝山盛りサービスセットロ〟の人（その他大勢組み）の行動をとっている訳です。このような人達は日々が経過していく中で、自問自答などということは、およそしないのでしょう。

自分らしくとは、それぞれの手相と同じように似ているようでも、どこかが違う、全て同じ人はいない筈です。「我」を取り自分の持ち味で生きていくということです。

そうです果物屋の価値ある〝一個売り〟の仲間になって……どんなに頑張って生きても、（特別な人でない限り）所詮歴史に残るわけでもなし、この広い地球の中から見てみると〝所詮針の穴人生！〟、そんな中で自分らしく生きていけたなら〝人生合格点〟と思いませんか？

人の世は
形じゃないよ
心だよ

靴を履いて歩く言葉

人と人との会話の中、言葉を単純に捉えて判断し、ただいま無責任な
言葉を製造中となり、その言葉に勝手に靴を履かせて歩き出す人
いるんだね……生きるための大切な言葉の筈なのに、自分勝手に
都合よく受け取り、単純な言葉に滑り止めもつけずに走り出す
言葉だけに、後から消そうと思っても〝当然消しゴムでは消せないよ〟
一言、一言、出てくる言葉はネ、自分が生きながら心と共に二人三脚
して創り上げた言葉だよ、気をつけないと〝心〟も一緒に読まれるよ！

こころ

生きている人間創りで一番大事なことは素直な〝心〟だよ
この世に生まれて人と人との波にもまれて丸い心も傷がつき
いつの間にか〝こすれて、欠けて、砕《くだ》けた〟後は
自分で創った、継《つ》ぎはぎだらけの変形の心ができあがり
汚れた色をつけるから赤は赤、黄は黄、と素直な色が出なくなる
そんな人達に押し出されながらも素直な色を維持できている人は
誰にも負けない綺麗な心の宝石を持っているんだね

自然な空気のような〝心〟創り

自然とは、水の流れに例えるならば、大きな石があろうとも尖《とが》った石があろうとも、たとえ流木《りゅうぼく》が不自然に横たわっていようとも何処にも力を入れず、ただひたすら流れに身を任せ、〝さらさら、さらさら〟と、音までもが何とも言えない癒しの音色に変わり、良い音を発しながら流れています。

この水の音も流れていく中で、ところどころに（人間社会のような）お互いに水の仲間同士で、引っ張り合い、妬《ねた》みあいをしていると、きっと、「ピッシャン、パッシャン、ドッシャン、バッシャン……ピッシャン、パッシャン、ドッシャン、バッシャン」と不自然で、流れの音までもが耳障《みみざわ》りになってくるのではないでしょうか。

このように人間も水の流れに乗るような感じに、常に一呼吸を置いて行動をとったなら、きっと失礼な言動をとられても、「ア～ァ人間には色々な人がいる！　自分の尺度と人との尺度は違うのだ……」と、勉強をさせられるようになるのです。

また他人を直すことは到底できないけれど〝自身の物事の捉え方、考え方を変える〟ことは、努力次第で何とかなるのでは。自然に〝心のダイヤルを合わせていく〟、このようなことの回数が重なることにより、心底から鍛えられ〝本当の本物〟となり、角も取れて丸くなる。水の流れと同じように抵抗することなく〝心という音符が真綿舟のハミングに乗って〟流れていく……なだらかで穏やかな行動の中、人間街道を泳いでいけたなら一〇〇点満点に値する行動ができる人に大変身して、重み、大きさともに、誰とも比較できない心創りができるのでございます。

妬《ねた》み　こころ

自分は努力せず、ただ妬み、プラスの人をマイナスに創り上げ
嘘《うそ》で固めて相手を傷つけ、平然と世の中を泳いでいる人
いるんだね……こんな人でも人間の数の内の一人とは空しいね
やっぱり同じ人間の仲間なら、妬むエネルギーを〝負けず嫌い〟に、
切り替えて、己に厳しく鞭打《むちう》って、素直な心で相手を認め、
努力もし、挑戦もする、そんな中から「みえない努力が実を結ぶ」
こんな言葉も夢じゃない、アァ～もったいない、もったいない
〝気持ちの切り替えボタン〟を取り付けて！　取り付けて！

「自然の中に」人間も添えられている

今の世の中、便利になることには何の不満も無く、有難いことだと感じているのですが、「何かが違っている」と思うのです。人間が便利な世の中を造るために自然を破壊しながらコンクリートの塊《かたまり》を造っていく、この犠牲になっているのが自然の中で生きている、人間も含めた動植物なのです。

人間が日常生きていくのに必要とする便利なものの置き土産として、複雑な空気の揉《も》まれ合いから出来てくる汚れた空気が蔓延《まんえん》……そんな中に埋まってしまっていると、怖《こわ》いことに何も感じなくなってしまうのです。こんな空気の中だけに浸《ひた》っていると、病気を呼び込む原因になるのではないか？　とも常々感じています。

だからこそ自分の為に、少しでも自然に触れて深呼吸（身体の毒素を出す）しながら姿勢を正して歩くことが、健康にも良く、内臓にも良い筈です。私自身実体験を伴って、以前よりも現に数段体調が良くなってきています。

また動物側からみてみましょう。最近の出来事ですが、そんなに山奥でもない所に小さな森があったのですが、そこを森林伐採しマンションが建つ予定となったのです。そこには狸の家族が住んでいたのです。住処《すみか》をなくした狸の親子達は隠《かく》れるところも無く、否《いや》が応《おう》でも人家の方へ下りてきてしまい、取り敢《あ》えず壊《こわ》れかけた空き家に仮住まいをしたようです……。すると人間様はすぐ通報をする。

「狸がいる！　すぐに来てくれ！」

動物に詳しい担当者は、

「狸は悪いことはしないからそっと見守ってやって下さい」

と言うけれど、どうしても人間はそのままにしておく訳にはいかないようです。

やはりこうなってくると人間にとっても狸にとっても悪循環、……動物も生き物……心があり、家族があり、生きる為には食べさせて、自分も食べていかなくてはならないとなる訳です。

　人間も含め、生き物すべてに言えることですが、自然の中……葉と葉とが、重なり合い、その隙間《すきま》からマイナスイオンたっぷりの心地良い自然な風が吹いてくる……そんな中から四季を教えてくれる、さまざまな色、音、目に優しい緑、美味しい空気、柔らかい香りに触れて始めて五感が働き始め、脳も身体も活性化してくる訳です。

「人間だけ生きられればいい」時々そんな空気を感じるこの頃、自然がなければまともな「心も身体も育たない！」。自然と触《ふ》れながら人間と人間の営み、交わり、感動、喜びなど、始めて生まれてくるのではないでしょうか。生きていくのに欠かせない大切な自然、どれだけの人がしみじみと感じているのか？考えさせられます。

自然と命のマッチング

今の時代は大変だ！　生きることだけでも大変だ！
人は10人10色と言うけれど人間同士で泳ぐだけでも大変だよ！
人間として備わっていなくてはならない、命の尊さ、重さが崩《くず》れかけている、
利便性と利益追求、我欲そんな中から生まれてくる自然破壊、
心洗われる自然をもっと増やして、自然に触れて空気の如くさまざまなことを学び、温かい風を吹かしてほしい、自然があればこそ共存共生で成り立つ、人間社会、動物、植物、昆虫、それぞれの衣装を纏《まと》った渡り鳥たちもグループの訪問者としてやってくる
み～んな、に温かい風が行きわたる様に

移り行く自然の中の季節のドラマ

日本には〝春夏秋冬〟というそれぞれの素晴らしい季節の恵みがあります。そして生き物たちは、この自然の中の四季に触れながら各々が成長をし、最後には自然に土に戻っていくわけです。

今、生きている人間も自分自身で己の姿をどれだけの色遣い（経験）をして染めあげていくのか……一生の課題となることでしょう。

日本を代表する桜の木の四季を追いかけながら、人間の生き方もこの桜のように綺麗に咲いて惜しまれながら散れたなら、ふっとそんなことを思いながら「桜の木の芽吹きから葉が全て散り落ちるまで」を〝人間の一生〟として見てみました。

〈　〉は人間の生き方に例えて

〈生命誕生〉〝冬〟　新しい生命が芽吹きしっかりとしがみついている。
〈幼年時代〉〝梅春〟小さな一つ一つの新芽が膨らみの競争をしている。
〈若年時代〉〝春〟　（仕事をする）

＊第一弾～～ピンクの舞台

若草色の鉢巻からピンク色の鉢巻に変わりやがてピンク色の大きな蕾に変わり、少しづつ花開きやがて満開となり、優しい色の綺麗な花は、生き物みんなに笑顔を浮かべさせます。暫《しば》し楽しませてくれた後は、時間経過と共に自然な風に逆らわず、ハラリ、ヒラリ、ハラヒラハラリと自然に身を任せ、ピンクの花吹雪に変り、落ちゆく旅をして地に落ち着く。これまた散り際も見事、その花びらが、「ふわ～っ」とした柔らか～い瞬時のピンクのじゅうたんに早変わり……と、なります。

〈中年時代〉〝初夏〟（大きな働き）

どの桜の木も疲れたという表情に感じられる。この辺で今までの蓄《たくわ》えたエネルギーも底をつき、丁度の桜の満開の頃には、大きく目いっぱい両手を広げていた状態だったのが、今度は「ア〜ァ、疲れた」と言って両手を下ろし、肩を窄《すぼ》めて深呼吸と言った姿に映って見える。ここでエネルギーを蓄える。

〈壮年時代〉〝夏〟（人生経験を重ね、世の人達に貢献《こうけん》するという心境）

＊第二弾〜〜〜グリーンの舞台

真夏の暑さにも負けず、見事に両手を広げ、グリーンの沢山の葉をつけて、「サワサワ〜」っと、した心地よい風と共に木陰を作り、人間を始め、さまざまな生き物達に、自然の潤いを与えてくれる。

〈晩　年〉〝秋〟（人間の生き方の違い）

＊第三弾〜〜〜紅葉の舞台

赤、黄、グリーン、オレンジ、綺麗な濃淡の葉模様が出来上がる。一枚一枚、同じような色遣いであってもすべて微妙に違い、色合いも美しく個性的な色が出来上がっている。

冬に向かってハラリ、ヒラヒラ、ハラヒラハラリ、と舞い落ちて、そこには一生懸命生きてきた証のさまざまな色模様の綺麗な葉が、これまた見事に、散り落ちる。

〈人間の死〉

ひと季節の散り際も惜しまれながら、やがて土に戻っていく……と、なるわけでございます。

自然と握手

自然があるから……癒される
自然があるから……パワーを戴く
自然があるから……気分転換できる
自然があるから……心も健康になれる
自然があるから……人間も生きられる

緑の、すき間を縫いながらサワサワ～っとした、優しい風が
フヮ～っと、頬を撫でていったよ
小鳥さん達は、あちこちの木々に止まり嬉しそうに、それぞれの
リズムに乗って〝ピーチク〟と、会話をしているよ
自然をありがとう～って、言っているのかな

生き物同士がみんな、みんな
〝まぁ〜る〟く、輪になって
譲ったり、譲られたり、協力しな
がら生きていかないと、
人間も生きていけないんだよ

魔法の香り

そよ風に乗って自転車のペダルも軽やかに走り出す
どこからともなくプ～ンと金木犀《きんもくせい》の香り、生きている香りは
〝癒しの魔法！〟瞬時に心を穏やかにしてくれる「う～ん、いい香り」
身体全体に満足感と笑みを与えてくれる、最高のプレゼント
この気持ち誰に渡してあげようかな！
パワーも一緒にプレゼントできそう～な気がするよ！

本当の〝真心〟

以前ある大手企業に勤務の役付だった方は、それは聡明な方で、心穏やかな、会話もソフトで、決して大きな声は出さない人……ところが、ここ一番の時には一部の揺らぎもなく、さりげなく一言！　その言葉の重みに、みな納得！となる訳です。

肩の力を全て抜き自然体で、人との会話でも、視線は上から見ることもなく下から見ることもなく、その人に合わせて同等のラインで雰囲気は抜群で、まさに〝非の打ちどころが無い方〟でした。その方の言われた一言が何故か頭から離れません。

毎年お中元、お歳暮の時期になると大会社だけに部下からも、かなりの付け届けがあったとか、当然それぞれには何らかの気持ちが入っていての贈りもの、だった筈です。やがて定年退職となった訳ですが、勿論定年退職ともなれば正直に贈り物も引退していく訳で、その辺はしっかりと正直に世の中を物語ってくれます。

ところが、本人もそれが自然の流れと感じていた筈なのに、なんと！　現役の時には一度も贈られてこなかった部下Ａ氏から毎年贈られてくるようになったと……これにはびっくりしたと……振り返ってみると、確かに彼を良く面倒を見てあげていたものの忘れていた……と、思ってもいなかった彼から、辞めた途端に贈られてきたのには驚いた、と……。

「彼は感謝の気持ちをずっと持っていてくれたんだなぁ～……嬉しかった本当に嬉しかった……」

と、口数少ないその方が満面の笑みで語ってくれたのでした。

その方は〝器〟が大きく打算など、まったく持たない立派な方です。

Ａ氏の行動は、これこそ天下一品の〝正真正銘の真心〟なのだと、深く感じるものが残った会話の一場面でした。

野のタンポポさん

野に咲くタンポポさんは、みんなにあまり見向いてもらえない
その上、運が悪いと、人に踏んで踏まれて苦しくなって
途切れかけた息をまた吹き返し頑張って生きているよ！
痛い、苦しい、自分に負けて諦めかけたら、そこまでの命と
分かっているからね……だから必死になって生きているのさ
雑草という家に生まれただけに、力強く生きていかなくてはならない
運命なのさ、どこの世界もみんな運、不運が、あるんだね
黄色の花は元気が出る色、いつも小さくても、〝元気！〟と、
言っているように聞こえるよ！　タンポポさんは、何時見ても
笑顔に見える、ただ、ただ、ひたすら一箇所にいて、
〝強く生きているよ〟と、教えてくれているようだ

白い綿帽子さんに変身して、風に乗って
旅するまでは、よーく周りを見わたして、ジーッと耐える心を
練っているんだね、タンポポさん！

タンポポは、
咲き終わると
ホワホワの綿毛に
変身しているよ！

人間も
齢を重ねるごとに
真綿のような
優しい心に
なれたらいいね

人間として考えること〈いじめ〉

未だ消えない学校での陰湿ないじめ。その当人達は苦しく痛めつけられて辛く、傷つき、ボロボロの心になり、勇気を出して先生に相談をしたものの、ほんの一部の先生を除いては中々本人の気持など真剣に汲《く》もうとも思えないのか？　思わないのか？　費《つい》やす時間がないのか？　奥深く人生を味わってない先生方は、根深いいじめられている子供の心も読めず、いじめの相手にストレートに話してしまい、いじめられた子は「お前チクッタナ！」と責められ、そんなこんなで、いじめも益々酷《ひど》くなり、本人は苦しく学校に行けない、足は向かない、誰も信じられず、すべてのことが嫌になって生きる意欲がなくなってくる。

分からないまま〝心の助け舟〟を手探り状態で探しては見たものの、先生もあてにならず、見つからず、八方塞《はっぽうふさ》がりとなり、暗く長いトンネルの絶望の淵を渡り始める……そして自殺……さまざまな状態で表ざたになると、学校側では「いじめはなかったようです！」と、心無い言葉。せっかくこの世に生まれ出てきた尊い命を簡単にもみ消そうとする学校側。

では我が子がいじめられ、自殺したなら、どうするか？　親として黙ってはいられない筈です。

自分の学校の生徒であっても結局は「気がつかなかった」と、しらを切る。感情の入っていない蝋人形《ろうにんぎょう》のように。裏側では「穏便に、穏便に」と……。教育者であるのに生きている人間として何かが間違っている。世間では、「またいじめで……」と、マスコミがさわぎ、テレビを観《み》ている人の心は凹むが其処まで、我が身に降りかかる訳ではなし、所詮人ごと……今の大人社会のリストラでも会社側では知らぬ、存ぜぬ、と同じようなことが起きているようですが、考えさせられます……。

尊いたった一つしかない「重みある命」だからこそ〝みんなで〟大切にしなくては……深く考えさせられます。

心の雷

どんな姿でも、みんな一人ひとりが〝心〟のある人間だよ
感情むきだしの言葉、人の心の中に土足で入り込む人いるんだね
言葉の出口で汚れを落とし一呼吸してから言葉を出さないと
やっぱり感情の動物だよ、心が暴れて台風になるよ
枝葉の心は傷がつき〝倒れて〟、〝もぎれて〟、〝我慢して〟
心の中に雷が落ちて大変な事になるんだよ

なぜ鬱《うつ》になる

人間は誰でも鬱になる要素を持っている筈です。

その人、その人によって、その人の持っている性格的なものからどの変の深さのところで、その道に入っていくか、いかないかは、違ってきます。

今現在およそ縁がなく、自分は絶対ならない、と思っている人でも、とりあえず今は、その域まで達していない為に、他人事のように言っているだけのことです。深い悩みがいくつも重なって、どうにもならない状態がしばらく続き、何とかしようと頑張ってはいるものの、どうにもならない八方塞《はっぽうふさ》がり、この辺から「心が」個室に入っていく訳です。焦《あせ》り、不安、絶望、自信喪失《そうしつ》、人間失望などなどと、このような時間を長時間、費やした後から徐々に現われてくるのです。

機械でも動きが悪いと自然に油を一滴刺すように、人間だって同じこと、疲れが蓄積されてくるとコントロールが利かなくなってくる。長時間働き詰めでは、その一滴も挿されず疲れが累積されるばかりです。

すべてが磨《す》り減《へ》り、心も疲れ、当然〝鬱の道〟の流れに入っていく状態です。どちらかというと真面目で責任感が強い人（貴重な人）の方が早くなりやすいようですが……心が壊《こわ》れてしまったなら修復するまでは大変なことです。

とにかく生きている身体を大事にするためにも、まずは朝でも夜でも時間を作りできるだけ緑のある所で深呼吸をしながら酸素を取り入れ、たとえ二、三〇分でも軽く汗をかくと気分転換が出来て、だいぶ違ってきます。

いっときでも自然な空気に触れさせて、その時だけでも頭の中を空にして、脳を休ませることが大事なことなのです。

自然は心の充電器

自然な林道の中、限りなく続く細い道
木々のすき間をぬいながら眩《まぶ》しく光が差し込んでくる
新鮮な空気、目に優しい緑、さわさわ〜っとした
柔らか〜い、風が全身に語りかけてくる
心に安らぎを与えてくれるような野鳥のさえずり
全身の力を抜いて大きく深呼吸をする
自然とは誰でも人間に平等に恵みを与えてくれる大切な
〝心 の 充 電 器〟
だからこそ大切にしたい、この時、この時間
人間には、なくてはならないこの大切な幕間

これこそ〝鬱〟の治療法

今の日本は不況の上に治安は悪化し、これから日本を支えていく宝物の筈の〝真面目な若者達〟や、様々な経験を積んで世のために、まだまだ必要な中高年の方々、働きたくても中々働き先が見つからない……さまざまな大変な状況に置かれている人達は、痛めつけられ、傷つき、凹んで、心はグレーになり、いつになったら光が差すのか分からない、暗く長いトンネルを歩き始める……我慢に我慢を重ねて努力して時間が経つに従ってその上にのしかかってくるのは〝鬱の傘〟そして本人も気がつかないままその中にどんどんと入っていってしまう。

今の時代、老若男女問わず、その傘の入り口またはその中へ入り込んでしまっている人がかなり多いように感じます。

酷《ひど》くなってきますと入院となり大量の薬を与えられることとなるわけです。

身体は薬漬けになってどうなるでしょうか?。

常々感じていることですが、本人たちの置かれた生活状況が同じ状態では、仮に退院しても……同じ空気の中での生活では、また繰り返し状態となり、心のもやもやは奥深く、中々〝心の別枠方向〟には、とても入っていけない状態と、なるのではないでしょうか。

ひとつのアイディアとして〝動物と自然の中で〟というような施設を作るのは、どうでしょう。大きな動

物でなくて良いのです。面倒を見ながら飼育し、今入院状態の〝複雑な迷路〟に入ってしまった人達が、新鮮な空気に触れながら（生き物と触れあうことがメインの目的の上で）体調をみながら、飼育と共に自分の心を無理なく治療方向に変えていくのはどうでしょう。

生き物の原点はみんな自然と握手をするということです。動物は素直です！　優しく素直に接すれば心で受け入れてくれる。何よりの心の友になる筈です、（鬱の人たちは孤独の世界に入り込んでいる為）。

このような中から固まった心も自然に揉《も》み解《ほぐ》され、与えられた動物に対して思いやったり、面倒を見たり、甘えられたり、そこには複雑な人間世界のような駆け引きは何もありません。

心と心の通いあいが出来て、何か通じるものが生まれ出てくる。

優しい心を持った動物とのふれあいの中で、人間としての自然な心も修復できる。コンクリートでの入院生活と違って〝心ある生き物〟との（触れあい＆自然治療）となり、当人にとっても、社会にとっても、身体にとっても、数段良い方向へ向かっていくのではないかと常々感じています。

〝一番の治療方は、この過程が特に大事ではないかと、感じています。〟

全国的に少しずつでも、このような施設の数を増やせば、人間再生、自然を維持し、老若男女問わず雇用も必要とします。

様々な部分においても、プラス方向を向くということになってくるのでは……。殺伐とした世の中から生まれてくる〝壊れかけた人間〟も、心が迷路に入り込んでいる時は、同じ生き物同士からパワーをいただくのが一番の治療法だと感じます。

このように鬱に入り込むということは、〝心のマラソン〟が走れない状態から、立ち止まり、固まってしまったということになってくるようです。

無関心の雪だるま

夢、希望、努力、挑戦、みんな生きるために必要な〝源〟の言葉だよ！
こんな中から生きるパワーも生まれてくる
でも今の世の中、全てに霞《かすみ》がかかって人生の道標《みちしるべ》が見えないよ
何故？　どうして？　人間なのに人間らしい生き方が出来ないの！
人間が人間の心を忘れているからさ！
人間の心が小さくなって変形してしまい他人ごとと無関心の
雪だるまを作った結果の置き土産なのさ
今の世の中、人間以外の生き物から、人間に
生きるという原点を教えられているような気がするよ

ここの門扉は、
午後四時三十分に閉まります

生きた心理をつくドラマ

人間街道を歩いて行く道中、人は様々なドラマにぶつかっていく……人と人との触れあいの中、それぞれの性格というものが左右するからです。

いくら努力をしても中々思うようにはならず、仕事の上でも然《しか》り。

「何故意見を聞き入れてくれないのか？……どうしてわかろうとしないのか？

そんなに押さえつけなくても……」

とか、ひたすら耐えて心の中で当人は

「なに言ってんだっ、この古だぬきっ！」

とか、

「時代遅れの分からずやっ！」

とか

「もう～頑張ったのにっ！　もう少し言い方があるだろうよっ！」

とか、あまりにも酷《ひど》い態度に頭に来て、出したい言葉は喉の所で渋滞中、こんな時、ズバッと言葉を出せたならと、頭を過《よぎ》ってみたり……そんな気持ちが交差します。

またプライベートの係わり合いの中でも然《しか》り。何か似たような、そんなもやもやした気持ちが、根底に眠っているわけです。

そんな気持ちをほんの一時的にでも晴らしてくれるドラマ……それそれ！それを感じるのが長い間、世に知られたテレビの人気ドラマ「水戸黄門」となる訳です。一度二度と観ている内にドラマ的には単純だと分かっていても何故か、つい観てしまう、という人が多いのです。

以前、テレビ画面の中、全然関係のない一場面で、司会者が地元の人にインタビューをしていました。見るからに頑固そうな男性が「水戸黄門は欠かさず観ている」と……何か私もこの言葉が気になり何が違うのか？　そんな気持ちを持って数回観てみるとストーリーとしては単純なのですが、ここの素晴らしさに気がついたのです。それはドラマの後半に代官、奉行、商人などの、悪人

に向かって
「静まれ〜、静まれ〜、この紋所が目に入らぬか〜」

っと、助さん、角さんらが「葵の御紋」の印籠を差し出すところから始って、その者たち全員が否応《いやおう》なしに印籠《いんろう》を見るなり「ハハ〜ッ！」と鳩が豆鉄砲をくらったような顔をして、目を白黒させ両手を突いて頭を下げる……その者たちへ向って黄門様が「ズバッ！」と、悪行を並べたて、有無を言わせず頭を下げさせる。ここですよ！　見ている本人も気がつかないまま「いいぞ！　いいぞ！　よくやった！　よ〜し、よしよしこれでよし！」と納得する筈です。

画面の前にいる人間を「スカッ！」と、満足させてくれる、となる訳です。

見ている自分に自然にスライドさせて……それぞれが細かく蓄積している、もやもやストレスをこの黄門様達に置きかえて解消させているということです。ここですね、「人それぞれの心理をつくドラマ」ということです。

人間生きていく中で、ドラマだけでなくさりげない会話にしても然《しか》り。何にしてもそうですが、大切なことは「心理をつく」ということとなる訳です。

もやもや心理

頭スッキリ玉手箱、自分の頭の整理は自分でするしかないんだね
人を頼っても、人間の複雑な心理までは、誰も分からない、
もやもやが、長時間かかるか、短時間で切り替えできるか
やっぱり鍛《きた》え方しだいとなってくる
嫌なことと、分かっていても、嫌なことに限って頭の中で
行ったり来たり、追い払っても、追い払っても、
夏の蚊のテンポの如く、同じように寄ってくる
最後の止めの一発！　パチンとスッキリさせるまでは大変だ
やっぱりパソコンと同じように嫌なことは、ゴミ箱行きにしないと
頭の動きが鈍《にぶ》くなってくるからね
分かるよ！　黄門様を観る心理……ホント！

自然な枯れ木の如く綺麗に歳を重ねた人

それは青葉若葉の目立つ新緑の美しい季節の時でした。

時々気分転換が出来、また癒しの場所として、ささやかなミニガーデニングをしています。

マイナスイオンが恋しくなり、チョッと気分転換へと、外へ出てみる。つい好きなだけに、どうしても花枯れ、落ちかけた葉などが目に入り摘み始めてしまう……六メートルの道路に面している場所なので道行く知らない人達が時々声をかけてくる。花や緑を見て「いつも綺麗ですね」とか、「どうしたらこんなに、元気な葉っぱの色になるのでしょうか?」とか、僅《わず》かな時間に、いろいろな方々とお話をしたり、植木も増えるので時には差し上げたりしています。

話しかけて下さる方々は、不思議と皆さん笑顔で、やはり心に余裕がないと、中々笑顔など出ないものですね。

そのような一齣《ひとこま》の中に小太りの（チョットおみ足の悪い）ふっくらとした、八〇代くらいのおばあさんが手押し車でゆっくりと前を通り、ふと立ち止まりニコニコと優しい笑顔で

「いつも心が安らぐのでここを通るのが楽しみで、本当に綺麗ですねェ〜」

と、ひとつ、ひとつ、の花々にそっと優しく手を下から添えて、

「みんなそれぞれどんなお花でも一生懸命生きているので、大切で可愛いですねェ〜」

と話しかけてきました。いつも道行く人達が何人と無く話しかけていく中で、

「この方は何か違う」と、私にはある部分においては、神様のようにも感じられるほど不思議なものを感じたのです。何の欲も無く、悟《さと》りの世界に入っているような、ひとつ、ひとつの、動作や語り口調、何の飾りも無く全て肩の力を抜き自然に振る舞う、……この世の人か？　と思うほどでした。若い頃は上越のほうでかなり手広く材木商を営んでいたらしい、会話の端はしの中にきりっと

した芯のある雰囲気を感じさせられる……お顔の雰囲気は観音様のようで、全て角も取れ、綿菓子のようにファ〜と優しい語り口調で、「もう歳だから」と、最近息子さんに呼び寄せられて同居をされたとか。「老いては子に従え」という諺《ことわざ》が私の脳裏《のうり》を過っていました。

何事も、〝見えていても〟、〝間違っていても〟、〝分かっていても〟、全て己で飲み込んで、〝笑顔、思いやり、感謝〟という姿にお色直しをして……

色々な花々と語り合った後、その方は、

「お忙しいのにご親切にお相手していただいて有難うございました」

と、手押し車をゆっくりゆっくりと押しながら去っていきました。

何とも不思議な空気を感じながら、温か〜い、柔らか〜い、まるで真綿に包み込まれたような気分に浸《ひた》り、何時までも見えなくなるまで後姿を見送っていた私に気がつきました。

今日もまた、一人の人間のドラマの中から何かを教えられました。

素直な言葉

〝ありがとう〟素直な言葉は癒《いや》される
素直な言葉には笑顔が寄り添っているよ
心にキャッチされた言葉はもっと素敵だね
言葉と言葉のキャッチボールでストライ〜クッ！
生きている新鮮な言葉は、生きる活力の〝栄養剤〟
机上で学んだ立派な言葉だけ並べ立てても、
言葉が整列しているだけで心が入っていないから
〝説得力〟もないんだね
実体験から生まれた言葉には、心が入っている分、
〝説得力〟があって〝心と心〟がしっかりと握手《あくしゅ》をしているよ

若さが、弾《はじ》けられない

若い！　と呼ばれる期間は、一生の中から見ると、ほんの僅かな貴重な時間。世の中のことを知っているつもりでも〝何も分かっていなかった〟、〝よく知らなかった〟、〝感じていなかった〟何だか分からないけれど気持ちは、アドバルーンのように飛んでいる……だからこそ無茶な行動にでも走れる若さと、なる訳です。

若い！　という魅力は、それだけで五〇％の財産になっている筈です。若さの種を持ちどこへ蒔こうか……まだその人の定まる場所は決まっていない。

今、あまりにも若者に活気を出させる舞台（会社）が少なすぎる。

先ずは日本の未来を担《にな》い日本を潤《うるお》す原動力となる若者に何とか利益追求のみでなく〝人間が普通に働いて〟、〝普通に暮らせ〟、〝普通の心を創《つく》りだせる〟という、生きる希望の持てる世の中を創ってほしいと願うばかりです。

生きている若さのハチキレル人間が、〝いい殻《から》を弾けさせたくても弾けさせる場所がない〟……空しく不完全燃焼で終ってしまいそう……そんな世の中です。

若さとは「夢」を持ちながら「希望」に輝いて色々な経験をし、「努力」もし、「挑戦」もして、何処までその枠をスライドできるか……そんな若者を育てる世の中は、いったい何処へいってしまったのでしょうか……。

七軒町

花ごころ

緑の新芽はネ、生まれてくると、すぐに〝小さな可愛い二葉の両手を〟
大きく広げ、糸のような細い足で大好きな太陽に向かって
背伸びしているよ……でも成長しながら花を咲かせるまでは大変だ
別の強い花の根がやってきて、押さえつけたり締め付けられたり
それでも隙間《すきま》をぬって自分の場所を見つけて何とか、花を咲かせようと
頑張って生きているんだね……どこの世界も一緒だね
生きると言うことは、〝自分に負けない強い心を創る〟
ということなんだね

野の花は
新鮮な空気で
すくすく生きる

人間も
きれいな空気で
すくすく生きる

動物から教えられた心

我が家に〝レイ〟という黒に近いグレーで柔らか～い毛並みの猫がいた。
金色のまあ～るいお目目をした〝レイ〟は、誰よりも息子が一番好きだった。
また息子も可愛がっていたので、特に懐《なつ》いていた。

どこの家庭にもあるように、子供が反抗期に入った頃、私に当ったことがありました。すると当時生後一年くらいだった、普段殆ど鳴かない〝レイ〟が大きな声で、会話をするような鳴き方で「にゃごにゃご」と……飛んできてテーブルに前足二本をのせて止めに入るように、息子の顔を下から覗《のぞ》き込むようにじ～っと見上げながら「にゃごにゃご」と鳴いたのです。「うるさいなっ！」と、息子に手で弾き飛ばされては、また戻り「にゃごにゃご」と、レイは繰り返し「やめて！　やめて！」と、言っているように同じ動作を三、四回とってくれました。

結局、息子は分かった、分かった、と言って笑顔に変わり、レイの頭を撫《な》でてあげたのでした。見ているだけでもドスン！　と音がしてその都度、痛い思いをしていた筈のレイは〝何と！〟私を助けてくれたのです。

普段は私が呼んでも出てさえ来ない、息子にべったりの〝レイ〟が……。

こんな動物の小さな猫でさえ、みんな〝魂《たましい》〟があり〝心〟があるのだと改めて感じさせられました。下手な人間以上の心を持った猫・レイ。身体をはってでも助けようとする動作に……たった一匹の小さな動物から〝心の重さを〟バトンタッチされ、〝心の置き方〟と、いうものを改めて教えられ、忘れられない日となったのです。

雑草

公園の片隅で〝ちっちゃな可愛い〜雑草〟をみつけたよ！
よ〜く見ると欄の花に似ているよ
綺麗だね……
大家族の中に生まれたために「草」と、あだ名を付けられて
精一杯のパワーの中から自分だけの色づけをして
頑張っているんだね……
ひたすら目立たず日陰の花なのに
誰もが知っている豪華な大輪の花よりも
根を張ってしっかりと踏んばって生きている分
ず〜っと綺麗だよ！

鉢の花選びと人間の見方は同じだ

何か全体の流れが「油の切れた機械のように」人間としての生き方がスムーズにいってないような、殺伐とした雰囲気の漂う今日、花屋さんの店先の前を通ると四季折々の花々が並んでいました。自然から生まれた小さな木々、花々が、それぞれに生きる競争をしているかのように、さまざまな色を精一杯演出して、まるで舞台の上に並んだ楽団のように……そんな植物のパワーに吸い寄せられるかの如く、道行く人達が店の前を通りがかり、意識しないままに自然に身体の充電を求めて、思わず立ち止まったりして、ほんのチョットの癒しの場面の登場という訳です。

そんな中、鉢植えの花を選んでいる人達が目に入ったのです。その人、その人の、さまざまな選び方に気が付いたのです。

ある人は、ただ今満開中の鉢を手に、ある人は花と蕾とが半々の鉢を手に、ある人は殆んど蕾の鉢を手に、そしてその中に本物の鉢花を手にしている人がいたのです。と言っても特別な鉢というわけではないのです。

枝ぶり、葉の色（元気の良さ）そして意外と見ていないのが幹の太さ（根の張り具合）……これらは表面だけ見ているのでは分からない、鉢の下から覗き込むようにしないと見えない部分です。

そして、これは人間の見方と同じだということに気が付いたのです。

世間一般の人達は、とかく人間を見た目だけで判断している人が多いのです。まず肩書き、役職、一見豪華な服装、時には高級車に乗っているかどうかだけで判断してしまう。一目、雰囲気だけを見て判断をしてしまい本質的な人間性を見誤《みあやま》るようです。大体世間の人は〝着物を着せて中身を添えて見る〟本当の見方はその反対で、〝中身（真髄）を見て着物を添えて見る〟のです。

先ほどの鉢の花選びと同じことで、表面上の見えている部分だけで色をつけて判断してしまう。

鉢花を人間に例えてみますと

満開であれば　　……今しか見ていない
蕾と半々であれば……チョット先まで見ている
蕾が大部分の人は……大分、先まで読んでいる

そして本物の鉢を選ぶ人は、普通に人が見ている角度だけでなく、あらゆる角度に、アンテナを張り、見抜く力（立体的な見方）を持っているのです。

とかく表面上で流されやすく、人の言葉に左右されやすい人間同士。土にしっかりと、根を張っている木は強い風でも倒れない。これと一緒で、人間もさまざまな経験から得たものが多い人は、〝必ず踏み台が出来上がり〟、しっかりと根を張り自分というものを持っている。〝人の言葉に惑わされず〟、〝流されず〟という自分創りが出来上っているのです。

役割心

人と人との交わりは、心と心の会話の中にあるんだね
みんなの心が支えになって世の中を創っているんだよ
この世に生まれて、この世を旅立つまでに、
本人も気がつかない行動の中、強い人、弱い人、偏屈《へんくつ》な人、
我の強い人、優柔不断《ゆうじゅうふだん》な人、無責任な人、面白い人、優しい人、
そんな人間の役割を与えられて、生きているんだね
結局は自分で創りあげた〝役割心〟だよ
他人ではないよ！　自分だよ

生き物は、
みんな同じ
私、「行く道」
貴方、「来る道」

心の荷物をおろす技《わざ》

人間、生きて行くうちに、人それぞれ色々な荷物（心の悩み）を自然と持たされてしまいますが、その重い荷物をしょってあの世までわざわざ持って行く必要はないのです。生きているうちに「心の荷物を降ろす技」を身につければいいのです。

何事も深く、先の先まで考えて取り越し苦労をするのは、エネルギーの無駄な消費なのです。当然一つひとつのことに対して、努力することは精一杯努力して、取り敢《あ》えずは、今現在より少し先のことは考えても、それより先のことをコウなるとどうなるか、アアなってコウなってと、先の先まで考えても、今めまぐるしく変わっている世の中、時には変わることもあるのです。

このような時代だからこそ吹っ切る〝技〟も必要なのです！　その分、心が疲れなくて済む、その間のエネルギーは、他に費やすことの方が数段価値があるのです。

全て一つ一つの回路をぼろ雑巾《ぞうきん》のように穴のあくまで（深みに入る）使い切る必要はないのです。

せっかくこの世の中に生まれ出てきて一度しかない人生、もっと、もっと自分を労《いた》わり、心は楽な所に置く努力も大切なポイントであり〝一つの技〟と、なる訳です。

機械でも同じこと、四六時中使っていれば傷みも早い。機械は部品を換えればいいのですが人間はそういきません。たった一つしかない命です。心も身体も常に黄色信号を意識し、一時停止して進むことです。

「自分のことを一番良く知っているのは自分自身です」と、書きたいところですが、意外と一番良く知っているようで知らないのが自分自身、体の異常をキャッチしようと思わないし又キャッチできない人が多い！

どうしても何かおかしい、そのうち病院にでも……、とか、また仕事優先となってしまいがちなため、気が付いた時は手遅れとなり「命と仕事どっちが先か？」と、なるわけです。

生きている人間だからこそ、いざとなった時には、二度と再生は利きません。

「全て命があってからの出発」となるわけです。

細く長く生きるのも、太く短く生きるのも、ある部分によっては自分次第となるようでございます。

大きな涙

小さな涙の時には分からなかった事が
いっぱいイ〜ッパイあるよ
色々な涙をいっぱいイ〜ッパイ流すとね
それが揉《も》んで揉まれて〝大きな涙〟となって
柔らか〜い、涙になるんだよ！
この涙の中にはお金では買えない宝物が
いっぱい入っていてね、膨《ふく》らんだ涙が、はじけて一皮むけて
優しい〝心〟に生まれ変わるんだね

表情も〝涙〟と〝笑い〟のワンセット箱

表情とは生きていく上で一番大事な原点かもしれません。

顔は人生の履歴書と言われているように、ある程度の年齢になってきますと、しっかりとその人の人生の歩みが現われてくるようです。若いときは肌一つ取ってみてもハリと艶があり勿論〝しわ〟など無く、笑う、涙する、そのようなことが不足でもまだ〝表情創作経過中〟のため、あまり顔には出ていませんが、歳を重ねていく内に自然現象として、生きていく心のあり方が、顔にも〝しわ〟となって現れるわけでございます。常にイライラして心に余裕がないとなれば〝眉間にしわ〟もより、また悩み考え浮かぬ顔を長くしていると、自然に目尻を下げたところに〝しわ〟がよる、口元にしても然り。

反対に辛くても悲しくても決して人には見せず、笑顔絶やさず、思いやりと感謝の気持ちの心を持って生きている人は、目尻、口元でも、同じ〝しわ〟でありながら、〝しわ〟の腰を下ろす位置が上がり気味。〝しわ〟の方も顔の中で長い旅をして定着するまでは何処に行こうかと、さまよいながら行ったり来たりと腰を下ろす間もなく、少しずつ定着先（その人なりの心創《づく》り）が決まりつつあるところへ、コツコツと線を引き始めるわけでございます。その間の心のあり方が肝心となるわけで、それは人間として毎日生きていく中、せめて賞味期限が切れない（表情が固定されない）うちに〝笑い〟というものを〝修正剤〟として取り入れなくてはならないのです。適量、適度な回数はその人によって違うかと思います。表情創りには、なくてはならない、パワーの源として身体の中に溶け込ませることが必要となる訳です。

また〝涙〟を流すということも、やはり生きている人間の潤いの中の一部分として、うれし涙も、悲しい涙もみんな一滴の涙の数として、時には必要なのだと感じています。一人の人間に対して〝涙〟も〝笑い〟もひとつの身体の潤滑油となって、なくてはならない大切なもので、備わっているものは、〝さびない〟程度に使うことが大事なこととなる訳です。

世間では歳をとると涙もろくなるとよく言われます。勿論、気持ちも弱くなってくるということもあるのでしょうが身体の方が要求しているのでは……まして高齢になってきますと枯れ木の状態に近くなってくるため、生ある内は少しでも潤いを身体に与えるよう、恐らく身体が涙することを自然に要求しているのではないでしょうか？　そのように感じます。

〝涙〟も〝笑い〟も何年もあまり使うことがなければ適量不足となり、乾いた砂漠に（笑いと涙）を転がして置くようなもので、浸透《しんとう》しなくなってしまう（表情が創られてしまう）。このように涙も笑いも生きていく上で適度に使わなくてはならないワンセットとして意識して使うように心掛けないと、表情不足の顔になってくるのです。涙（深い思いの心）と、笑い（明るさ）の重なり合いがワンセット箱となり〝自画像創作編〟となるのでございます。

＊ちなみに人生の歩みの中から出来上がった素直な〝しわ〟は味のある人生の重みを感じる〝しわ〟に変身して最高の表情となる訳です。

佃金子

幸せ

幸せは自分が見つけるもの
誰を待っていても幸せを持ってきてくれない
素直な気持ちで素直に語り、素直な目で見て素直に笑う
幸せさんは素直が大好き、そんな空気の中にいると、
〝ふわふわ～っ〟とした柔らか～い綿菓子のような
優しい風に乗って幸せの神様が舞い降りてくるんだね

GINNAN CHA-YA

上野公園のハーモニカ

それはお花見で賑わう季節、どのくらい前になるでしょうか……舞台は桜で満開の上野公園での、薄暗くなり始めた頃の一場面でした。

毎年大体同じ所で、六〇代くらいと思われる三人組の男性が、昔懐かしいと思われる流行歌のメロディをハーモニカで、何とも言えない独特の間奏にチャチャチャを上手にとり入れながら吹いていました。（素人の仲間の方たちかと思われるのですが）何とも言えない哀愁《あいしゅう》のある音色に、まるで道行く人達は磁石に吸い寄せられていくように、集まってきました。何重にも輪になって取り囲み、それぞれの人生を味わってきた人達が、脳を優しく揉《も》みほぐしてもらっているかのように聴《き》いている、……そんな雰囲気の中、その輪の中心人物と見られる主達《ぬしたち》は、次から次へとリクエストされ、間奏《かんそう》に独特のチャチャチャを採《と》り入れながらハーモニカを吹いている。

私は瞬時に取り囲んで真剣に聴いている人達の姿に目がいきました。サラリーマンの背広姿の人達、またその中にホームレスらしき人の姿も混じっていたようです。

それぞれの人達が目を閉じ、俯《うつむ》き加減で首を傾《かし》げ、ズボンのポケットに手を入れて昔の思い出に懐かしそうに浸《ひた》り聴き入っていました。

このような雰囲気の人達に私は釘付けになっていました。全体的に見回したところハーモニカの時代にあった年齢で、中高年くらいの人達が目につきました。

その場面は一曲ごとに、その人、その人によって違い、

「あ～ぁ、あの頃は限りない夢を持っていた少年時代だった。楽しかったなぁ～ホントウニ～、懐かしい……」

とか

「あの頃はただ若さだけで突っ走っていた時だったなぁ～……」

とか

「もう一度あの頃に戻れるものなら戻りたい……」

とか、今のこの現実を忘れさせてくれるかのように、それぞれの人達が遠い昔の思い出をひも解きながら懐かしそうに聴き入っていました。

一人一人の顔、顔、顔、を見ながら、そんな感じが言葉と一緒に目に映《うつ》ってきたのです。職業、役職、服装、人間の生活の差など何にも感じさせずに、そこには今の世の中に欠如《けつじょ》している、人間としての原点（心と心の和）があり、何とも言えない、この不思議な雰囲気に思わず胸がいっぱいになり、私の目は潤んでいました。

「まさにこれが人生の交わりの原点であり、人間のドラマとしての中継地点だ……」ハーモニカは何ともいえない哀愁の音色を出し、その細い線の音の波に乗りながら、それぞれの人に昔の自然な風景を色鮮《いろあざ》やかに描いてくれる大切な、大切な、〝生きている心のスケッチブック〟なのだということをしみじみと実感し、貴重な場面に遭遇《そうぐう》した夕暮れ時でした。

思い出の音楽

みんな誰にでも、幾つになっても、心に残る思い出の歌があるんだね
音楽とは不思議なもので、瞬時に思い出の舞台に幕を開けてくれる
その時代、その時代に、あった歌
間違いなく、みんな今より若かった！
みんな、みんな、その時、その時に、流れていた音楽は心に
スケッチを描いてくれる。みんな懐かしく思い出せるのは、
生きている証拠だよ
生きていればこそ音楽にも〝新曲〟が出るように
人間にも新しい〝発見〟が出てくるのさ
思い出の音楽は人間の心に優しくタッチしてくれる
揉みほぐし薬の音色なのさ

不足重ねの三拍子

人間は、ひとつ、ひとつの経験を積み、一生を掛けてその人の尺度を創り上げていきます。

一人の人間として生きていくのには、〝当然尺度はできるだけ長く創れた方が味が出て深みの増した人間に育っていく〟となる訳です。

そのため長い方から短いものを見ると、何でも手にとるように分かるわけです。

尺度の短い人（平凡に生きてきた人）が、ある程度の年齢に辿《たど》り着いた時、当人としては、世間というものは一応〝分かっているつもり〟、〝見えているつもり〟、〝感じているつもり〟と、「つもり重ねの三拍子」というところですが、実際は尺度の長い人から見てみると、全然分かっていない、見えていない、感じていないと、「不足重ねの三拍子」となるわけです。

〝一人の人間一つの身体が〟身も心も擦《す》り切れ、ぼろぼろとなり、精神的に死と背中合わせのような道を否応《いやおう》なしに味わってきた人は、(心が、すり鉢の奥深い所まで落ちかけて、そこから少しずつ這《は》い上がりまた落ちかけて……と何度となく繰返し何とか自分の力で、よじ登ってきた人)否応《いやおう》なしに〝心〟というものが、ある程度は出来上がってくるわけです。

その間、自身で自身に深い部分を噛《か》み砕《くだ》きながら溶かして浸透《しんとう》させていく。

そのような道を登りきった人は、そう数多くはない筈です。

何故か？　大部分の人は、自分の弱さに負けて(ボロボロ心を)つくろうことが出来ず「再び……」の道は閉ざされてしまい自ら命を落としてしまう……と、なってしまうのです。

だからこそ弱き心に鞭打《むちう》って、練って、練って、練った中から出てくる僅《わず》かな気力をぎりぎりまで絞りあげ、再度立ち上がる。

そして上りきった人間には神からの手土産として、その人なりの洞察力《どうさつりょく》というものを戴き、再度立ち上がり自分だけで創り上げた、がっしりと踏み固められた人生の街道を手土産と共に景色（人間空気）をじっくりと見渡しながら歩いていくようになる訳です。

　人生街道には公道だけでなく〝枝葉が絡《から》んで〟、〝分かれて〟、〝花が咲き〟、通ってみなければ判らない空気（感じるもの）があるのです。

ドラマ顔

〝複雑な、ごちゃまぜ人間世界〟そんな中で何時も心を平らにして
生きていくという事は本当に大変だ。
みんな生きているからこそ否応《いやおう》なしに自然に創《つく》らざるを得ない、
自分界のドラマ……その「証《あかし》」が正直に今の顔になっている。

〝辛 い 顔〟をしている人には自信喪失した辛い顔をした人しか寄って来ない
〝悲しい顔〟をした人には寂しく悲しい顔をした人しか寄って来ない
〝苦しい顔〟の人には不幸を背負い込んだ苦しい顔の人しか寄って来ない
〝妬 み 顔〟の人には心の貧しい妬み顔の人しか寄ってこない
〝笑　 顔〟の人には福が舞い込んでくるような笑顔の人が寄ってくる

みんな、みんな、同じひとつの顔なんだね……。
さまざまな「顔」を乗り越えて、ある程度の年齢に達した時「自身の総集編」として心からの自然な笑顔が出来上がった人は
〝生きている最高の芸術作品〟のドラマ顔となる訳です。

不思議な音色の訪問者

人間の中には〝金はあっても暇はなし〟、〝暇はあっても金はなし〟、〝暇もなければ金も無い〟、そして何とも恵まれた〝金もあれば暇もある〟という人もいる筈ですが、そのような人達でも、肝心要《かんじんかなめ》の〝心の貯金〟をしている人は、あまり見当たらない様です。その心の貯金が出来た時、始めて潤いが出来て、余禄の人間創りが出来上るわけです。

これはお金がなくとも心掛け一つで貯金ができるのです。そしてお金以上に価値のあるものなのです。

今のこの殺伐《さつばつ》とした世の中、そして何時の時代になろうとも、心を穏やかに保ちながら生きていくのは大変なことです。特にこんな時代だからこそ、たった一度しかない人生、身体と脳に休息時間を与えることも必要なことではではないでしょうか。

休日のある日、ささやかなガーデニングの植え替えをしていたところ、何とも言えないカラコロ、カラコロと、不思議な音色（どんな音色？）例えてみると丁度木琴の音色に何かプラスアルファされたような澄んだ音、今まで聴いたことの無い不思議な音色が、何処《どこ》からくるともなしに聞こえてきました。何の音？　とスコップ片手にきょろきょろしてみると、裏の公園の方から四メートル位の巾のアスファルトの道路の上を一〇センチくらいの枯葉が適度な風に乗りながら背中を丸めて、でんぐり返しをしながらこちらへ向かって来るではありませんか、風がやむ……チョットお休みをしてまたカラコロ、カラコロと、背中を押されるかのようにでんぐり返しをして、何故かこちらの方に向かってくる……それは「エッ」と驚く枯葉の訪問者でした。枯れ葉がこんなに綺麗な音色を出すなんて大発見！　全く気がつかなかったことでした。きっと葉の大きさ、厚み、枯れ具合にもよるのではないか、同じ枯葉でありながら枯れすぎても駄目、薄すぎても駄目、大きすぎても駄目そんな気がします。丁度真ん前でストップされた時には、何か生きもののような錯覚《さっかく》にさえ陥《おちい》ってしまいました。不思議な音色の世界に入り込み、新しい発見に出会えたひと時でした。

本当の自分作りというものは人に言われて作られるものではなく、「素直な心で自分と語り合った時に気がつくことのつみ重ね」……一つひとつ自身の行動の中から躓《つまづ》き、挫折《ざせつ》、努力、決断、そんな中から学び、反省、実行して練りあがってくる訳です。

空気の音が聞こえるよ！

シ〜ン……早朝のこと猫のレイちゃん！　が窓を開けると
耳をピ〜ンと立てて目を細め鼻もひくひく
木々の重なり合ったパワーを乗せて空気の音が走ってきたよ！
レイちゃんの身体の扉がスウーと開き五感の中を
超特急で走って行ったよ
「にゃごにゃご」と……きっと猫語で
「今日も自然をありがとう！」
と言っていたのかな？

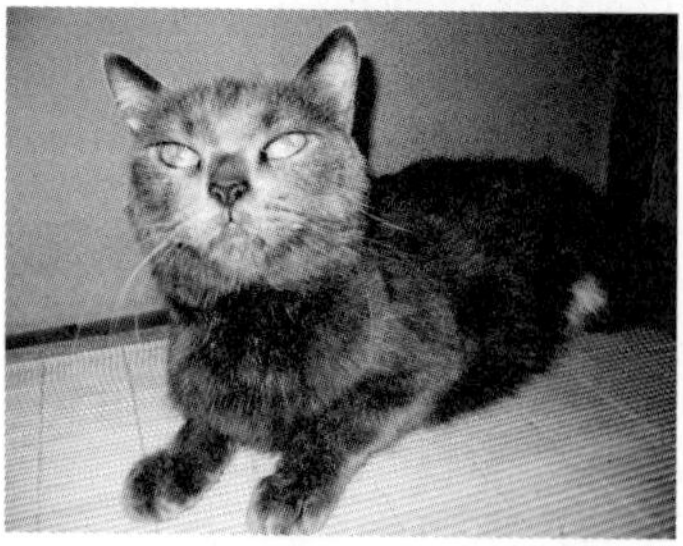

〝人間花〟を咲かせた人は最高

人それぞれ生きていく中で、さまざまな人との出会いがあります。

そんな中で誰しも、やはり雰囲気の暗い人よりは、明るい人の方がいいと思う筈です。自分も楽しくなることですし、心に潤いを持った人は何時の時代になろうとも最高の人です。

でも、人間です。精神的に大変なときには明るくしようと思っても到底無理なことです。そんな中、さまざまな経験を積んで自分だけの「心のファイル帳」に笑みをしっかりと閉じ込み、ある程度の厚みをつくり、その結果の中で毎日のさりげない行動をする人の、自然に創り上げられた口元の優しい笑みには、何故か癒されるものを感じます。……潤い……どんな人でも、ほんのチョットの自然の隙間から感じ取れる癒しの舞台は、四季折々の中にも、さまざまな空想に更ける、自分だけの小さな空間《スペース》を創ることができるのです。

そんな心のあり方だけでも潤いが創られる筈です。例えば自然と人間との交わりの一場面として夏の終り~秋にかかる時、自宅周辺とか雑草や大木などの生い茂った空き地、また公園などたまたま通りかかった場所で、残された数少ない夏の蝉《せみ》は、鳴きながら秋の鈴虫にバトンタッチをして、これまたユニークな混声となり、ミーンミンミン、ジージージー、リーンリーンと~四季の編曲「夏の別れの夜想曲」となり、自分だけが独り占めできる瞬時《しゅんじ》の自然からのプレゼントの幕明けとなり、貴重な演奏会が聴けるわけです。生の混声合唱団の如し……但し心に余裕が無いと、このような演奏会はその場所を通ったとしても、聴く耳を持てないし持たない筈です。

こんなちょっとしたことでも機械に油を挿す一滴と同じように人間にさす一滴に値《あたい》し、潤ってくるのではないでしょうか。

同じ人間の仲間なら、何故か、その人が来ると急に花が咲いたように笑いが出て明るい雰囲気になるとか、面白い、楽しいと、そのような雰囲気創りのできる人は気がつかないまま、世の人達に〝笑みの福を蒔き〟素晴らしい人間花を咲かせている訳です。

遊び心

人間社会の中で心の大きさを測れる人は誰もいないよ
自分の心を大きく膨らますのも小さく膨らますのも
やっぱり自分自身だよ！
車のハンドルだって余裕があるよ！　封筒だって糊しろがあるよ！
洋服だって余裕がないと、きゅうきゅうで動けないよ！
やっぱり心だって同じさ……
大きな心は〝やさ～しく、包んでくれる〟余裕があるよ
そんな中から〝遊び心〟もうまれてくるんだね
小さな心は〝窮屈《きゅうくつ》だから余裕がなくて冷たいよ〟
だから〝いびつ〟な心が生まれてくるのさ

〝もう〟より〝まだ！〟

常々感じている言葉ですが会話の中に「もう○○だから……」と……。〝もう〟でなく〝まだ〟の気持ちで、何を始めるのにも自身に今この時からがスタートだといって聞かす。

〝もう！〟がつくと諦めの言葉になってしまう
〝まだ！〟は自分を奮い立たせる言葉

この〝まだ！〟の気持ちを持って生きていくか？　いかないか？　これだけでも、これからの人生に大きな差が出てくる筈です。
例えば「もうちょっと若かったら……」という言葉をよく耳にします。誰でも、どんな人でも、いくつであっても、今、思っている年齢が一番若い筈です。

これから先は間違いなく歳を重ねていくのです。

そんなこんなで一つの例として五〇代の方。

「もうこれからは〝おまけ〟の人生だから」

と、なんと夢も希望もない空しい人生でしょうか。生きている内は〝おまけ〟は、ない筈です（九死に一生を得たような人達は別として）。

一生一度しかない人生！　なんの目標も持たず姿だけはあるものの、と……あまりにも早すぎる〝生きているのです！〟心の入った人間なのです。

そんな抜け殻《がら》人生でいいのでしょうか？

生きている限り〝小さくてもいい〟一生自分という存在を生かしながら歩いていかないと、あまりにも自分が可哀想と思いませんか。

おまけの人生であれば、蝋人形《ろうにんぎょう》のように表情も失せ、何の魅力も感じないただの抜け殻のようなそんな人間になってしまいます。

一人の人間として自分に敢《あ》えて目標を持たせて挑戦というスタートラインを引いて進んでいく……〝まだ！〟という気持ちで脳に別な刺激を与える……脳

がノックされ別の回路が働き始める……誰でも幾つになっても目標に向かって進んでいく人は、どの人も内面（身体）を駆け巡る潤滑油《じゅんかつゆ》のようなものが〝運動会〟を始めて、不思議と生き生きとして若返ってくるようです。

競演

絵を描くのは色と色との競演だね
すると人間は心と心の競演かな？
たった一言なのにその言葉に色がつく、
その一言は〝暖かい色〟それとも〝冷たい色〟
〝冷たい言葉の色〟には小さな氷河の山が出来、溶けて流れて固まって
形にならない色が出来〝心〟が、へたってくるよ
〝温かい言葉の色〟は〝ホワホワ〜ッ〟と優しく抱かれた雛鳥《ひなどり》のような
柔らか〜い色が出来〝心〟がハミングするんだね

人間とは

今人間世界は、見た目は綺麗な町並みになった反面、歪《いびつ》になって、人間そのものが壊れかけてきている……それだけ住みにくい世の中になってきたということなのでしょうか。

こんな世の中でいいのか？　このままいったなら日本は大変なことになる。他人事と言ってはいられない世の中、そんな空気が漂《ただよ》っています。なんとしたものかと常々考えさせられます。

学校教育にしても然《しか》り。もう少し頭でっかちの教育だけではなく生きていく上で、心も一緒に育てていってほしい。それぞれの人間が知恵を絞りながら生きていく一人の人間としての「心の原点・命の大切さ」というような教育を科目に入れて、小さなときから「人間とは」というものを自然と空気のように送り込んでいけたなら、もう少し相手の気持ちを汲《く》むことのできる人間らしい気持ちが育っていくのではないかと感じています。

人間は生き物です、今すぐ育つことはできませんが成長と共に親となり、人間というものを噛《か》み砕《くだ》き、教えながら育った時には、もう少し心ある人間らしい優しさが備わり、まともな人間が育ってくるのではないでしょうか。

雨上がりの小鳥のさえずり

雨上がり……あちこちの木々の隙間《すきま》から踊り出てくるような
小鳥のさえずり……　〝ふわ〜っと〟心を癒してくれる
また雨がおちてきた……でも小鳥のさえずりは一段と
艶《つや》のある声に聴こえてくる、人間も小鳥も取り囲む緑も
みんな、みんな同じ生き物
潤いのある心も身体も
自然と共に二人三脚で育っていくんだね

まねの真似《まね》

今のテレビのコマーシャルは、流石プロが考えるだけあって、ひきつける音楽に溶《と》け込むリズムタッチの素晴らしい映像宣伝、台詞入りのコマーシャルがあります。

今まであったある会社のコマーシャルは殆《ほとん》ど男性または女性、もしくは外人の登場となっていた訳ですが、ある日ある時、突然、思いもよらぬ大人顔負けの服装で（小さな男の子）が登場！　そしてその子供のファッションと髪型、雄弁な喋り方は、大人顔負けの姿だったのです。

必ず誰もが「エッ！」となり、大人以上のミニコピーを決めた姿に目は釘付け、耳はダンボとなる訳ですが、これこそ正に不意をついて目と耳を釘付けにしたミニでありながらジャンボのコマーシャルとなり、特階級の宣伝効果となる訳です。

恐らく見ていた同業者は今までプロでありながら考えても見なかったインパクトの強いコマーシャルにショックを受けたのではないかと思います。

時間経過と共に益々その子の人気が出てきて、持っている独特の何ともいえない雰囲気は恐らく何に出ても一二〇点出せる特別な子供だと感じ取れます。

暫《しば》し時間を置いて今度は他社のコマーシャルが始まる。（可愛い女の子）また別の会社でも（可愛い男の子が）……と、メインのコマーシャルに出ている。でも〝オットドッコイ〟となる訳です、私が見ている限りではぜんぜん意味合いが違うのです。

宣伝にただ可愛い子供が出ればいい……と、「違うんですねえ〜」何ともいえない最初の子の持っている〝独特の味〟。後発の宣伝で、まともな台詞で宣伝しても〝その子達から発するオーラが全然出てこない〟。しかも、二番煎《にばんせん》じでは、かなり強力な免疫《めんえき》がついてしまったために、まったくインパクトが弱いとなる訳です。ではどうするか？　やはり今までにない新しい発想のキャラで釘付けのものを考えるということになるのではないでしょうか。

もうひとつ、これは若手のニュースキャスターの男性にしても然《しか》り。イメージが整った顔で垢抜《あかぬ》けていれば他局もと同じように捉《とら》えていますが、これもチヨッと意味合いが違うように感じます。

一〇人が一〇人、誰でも惹《ひ》きつけられる癖《くせ》のない顔と（やはりオーラの出ている）何ともいえない雰囲気を持っている人……〝微妙なところで大きな違い〟これはプロの方でもあまり分からないのでしょうか?。

瞬時に働く「勘&感性」の泳ぎ方の違いといったところでしょうか。

空

緑の空気の中、大きな空に向かって深呼吸しながら
じっと見上げていると心が落ち着いてくるよ
つらい時、苦しい時、悔《くや》しいとき、泣きたい時、情けないとき
青い空さんが固まった心を揉《も》みほぐしてくれるんだね
そして雲さんは嫌なことをみんな乗せていってくれるよ！
青い空さんと雲さんは息を合わせて二人三脚しているんだネ
色々な雲さんがいる、その雲さんだってどんなに小さくても
与えられた大きさに満足をして見た目に惑わされず
それなりに風の吹くまま身を委《ゆだ》ねて何の抵抗もなく
ポッカリ〜ポッカリ〜ス〜イスイっと泳いでいるよ
始発駅しかない空で大きな心の旅をしているよ

自由の裏返し

人間にはさまざまな事情があり、また家庭もあります……ある男性は（四〇代後半）「もうこの辺でいい加減うんざりだ！　独りになりたい」という気持ちがだんだんと強くなり色々大変なことがあったけれど、やっと離婚が出来ました。

「アァ～」でもない「コォ～」でもないと、がみがみ奥さんに言われ、その他もろもろあり、もう我慢できない！　と、考え抜いて決断し、やっと離婚できました。その人は（当時、羽振りも良かった時でした）自由になりたいと、決心してやっと自由の身となり、仕事が終ってから何処へ遊びに行こうと何時に帰ろうと誰も文句を言う人はいない。でも、気楽な道を通ってはきたものの、月日の立つ内、不景気となり、さまざまなことに気が付き始めました。

「世の中そうは甘くは無かった」

経験豊富だった筈のその男性がしみじみといっていたことは、家庭を持っているときは「何時頃に帰る？　何処に行っていた！　いちいちうるさい！」と常々思っていたことが、いざ一人になってみると全ての行動（家庭のこと）の責任が一〇〇パーセント自分にかかってくる……自由な行動が取れる分、反対にさまざまな問題も全て自分一人で抱え一〇〇パーセントの責任が全部覆《おお》いかぶさる……どんな細かなことでも一人で解決していかなければならない。その上に孤独が付いてくる……。

考えさせられる「こんな筈ではなかったのに」……と。過去に誂《あつら》えた背広を格好良く着こなして、世の人達が目にする上辺の印象は羨《うらや》ましい雰囲気の人なのに、歩いていく後姿は、何故か正直に心の寂しさを物語っている……そしてその男性が羽振りの良かった時の雰囲気が忘れられず、それを維持するためにしていることに私は、〝ナァ～ルホド〟と変な感心をしてしまった。

それは大きな札束が厚く重なっているように見せるため（上）と（下）に一万円札を置き、その間に挟んだ札束は千円札にして、一見、分厚い一万円の札束にしていたのです。それをさりげなくそのまま半分に折り背広の内ポケットに入れて……流石ご立派！　と、言いたいところですが当人はさぞかし日々、偽《いつわ》りの自分にお疲れ遊ばすことでしょう。

見栄は剥《は》がす

人間幾《いく》つになっても見栄を張る人いるんだね
若い内は見栄を張るのも、お愛嬌《あいきょう》で通るのさ！
でも所詮、見栄はメッキだよ！
肩の力を抜いて〝見栄を張るなら〟
〝胸張って〟、見栄は剥がして生きていく
おまけにそのあと、もう一つ
〝鼻の下は伸ばさずに〟
〝背筋は伸ばして生きていく〟
その方がズ〜ッと魅力的で〝楽〟〝楽〟！
肩の力が抜けて体も心もホッカ、ホカ〜

人生は心のマラソン　鉢巻隊　200

メールの〝心〟三段落ち

今の時代では大部分の方が持っていると思われる携帯電話、一度持ってしまうと便利なだけに忘れたときなど、家に鍵を掛け忘れてしまったのと同じような、大きな存在になっているようです。その携帯から受信されてくるメールなのですが意外と、このメールに対しての使い分けが出来ているようで出来ていない人が多いように感じます。

例えば今では貴重な、決して字は達筆とまではいかなくても手書きで、その人なりの気持ちの入ったハガキ、または封書の手紙、癒しの絵手紙などが届いたとします。受け取る側は何も考えずに、ただ便利で当たり前のように使っているメールで「有り難う……」と、簡単な活字で済ませてしまい、自分の取った行動を何も感じていない。

恐らく受け取った時は「ウワァ〜」という、嬉しい気持ちがありながら、これでは有り難味《ありがたみ》が相手には伝わらない。心の入らない軽いメールとなる訳です。

手紙を出した側にしてみれば、送られてきたピーナッツが殻つきだった。殻を割って食べようと中身を割ると、しわしわの痩せたピーナッツが入っていた、のと同じように不完全燃焼状態となり、形だけは届いたものの〝中身〟がと、なるわけです。

手書きとは、一文字、一文字、気持ちが入っての文字と言葉です。

その奥深さを、〝見ない〟、〝見ようとしない〟、〝見られない〟、意外とそのことに気がつかない、また気がいかない、この微妙なところを感じ取れない方がいるようです。相手側にたってみると良く分かることですが……。

〝生の声〟でも〝メール〟でも同じと考えている人は大違いとなる訳です。

メールは便利、でもチョットしたやり取り、連絡事項などには良いのですが、イメージとしては、かなり軽いのです。ただ相手に届けば用は足した……と、それはチョット違うのでは？　感情の入らないロボットではなく、相手は人間なのです。人間としての価値観が疑われます……ここが大事なところです。メールと違い、手紙とか電話の返事は三倍くらいの価値あるものとなる訳です。

またメールのやり取りの中で、気持ちを入れて少し長メールで送信したところが返信されてきたのは、〝必要な言葉のみ〟で、たったの二、三行だけ。チョッと違うのでは……と思う方もいる筈です。

今日は暑かったとか、コスモスが咲き始めたとか、何か一言でも入れることによって全然違うわけですね、やはり活字不足も〝心〟不足になってしまうようです。

ただの友はいるけれど
心の友は
簡単には
見つからないよ

心の打算

人間の心って、みんな読めているようで読めていないのさ
そんなこと無い！　と人は言う、でも違うんだな・人を見抜けないだけの
事なのさ……世の一般的な流れに沿った空気の中にいる時には、
本物の心が裏に隠れて、そっと静かにしているだけなのさ
ホントだよ！　普段は〝偽《いつわ》り心が表に出て、本物の顔〟をしているだけさ
〝裏に隠れている本物の心〟が動き始める時は、意識しないまま
醜《みにく》い瞬時の打算というものが動き出し悪さを始めるんだね
でもその場面を感じ取れず、肉づけしないままの人も多いんだな
みんな経験から学んだこと、生きているうちは、ただモァ～っと
世間の空気を吸うだけでなく、時には分析も大事なことだね
これから先も複雑な人生街道を渡っていく為の、予告だよ

芸術の心を呼び込む（惹《ひ》きつけられる原点）

最近、特にさまざまな事に気持ちが動き、大きくうなずき、「な〜るほど、そうだったのか！」と、いうところに自分の〝アンテナ〟が走り始めたのです。

特に惹きつけられる共通点としては、みんな同じような繋がりの意味がある〝人間の心を惹きつける原点〟は、ここにありと感じたのです。

それはそれぞれの得意な分野での、その道、その道の努力（数をこなしたこと）の上で、まずは五感を働かせながら、大きな曲線、小さな曲線を描き、自然な柔らかいラインに辿《たど》りつき、そこへ〝強〟〝弱〟〝濃淡〟などをつけながら湧き出てくるリズムに乗り〝心〟を溶け込ませながら自分なりの想像力を発揮する……その中から余計な贅肉《ぜいにく》的なものは全て削《そ》ぎ落とし、〝努力と追求とバランス〟全てが一体となり作品へ入り込んでいく……ということではないでしょうか。このような原点の追求から生まれてくる〝優れもの〟は、すべて感動の世界に入り込み、吸い込まれるように人の心を寄せつけるようです。〝音楽〟〝絵〟〝書〟〝写真〟〝陶芸〟、その他もろもろと、みな共通しているように感じます。

惹きつけられる原点、そこには空気感が漂い、力強い響きを感じ、作品の世界が心の中に溶け込むような気持ちになり、想像力を掻《か》き立てられ、聴いた瞬間、見た瞬間に作品そのものの中に入り込んでいくような……そんな中から潤いを与えられ、満足感を味わうようになってくるのではないでしょうか。

また少し形を変えて、人と人との会話の仕方一つに対してもそうですが、ただとぼとぼと歩くような会話の仕方ではなく、時には内容と共に力強い大きな一歩を踏みしめるような会話をしたり、時にはスキップ（ジョーク）を入れてみたり、聞き入るような話し方、抑揚をつけての会話の仕方にもやはり共通点があるように思えます。

そんなこんなでまずは〝心の動き〟から誘導されて、最近特に目に留まる身近な〝絵手紙〟などを例にとって見ますと、みんなそれぞれの人生をある程度歩んできた人達だからこそ、その人の味が出て、まさに心に〝ゆったり〟〝まったり〟〝ほっこり〟と何ともいえぬ癒しの空間を与えてくれる。深〜い味わいの出てくる〝心打つ〟その一言、その言葉、その色遣い。ゆっくり、ゆっくりと走らせていく筆のタッチから出てくる、何ともいえない味の出るラインは、ほんの小さな一枚の筈なのに、フワ〜ッと〝体と心〟全体を耕してくれる……。何故か惹きつけられる〝この一枚〟となるようです。

心萎え　この一枚に　元気出る

パレットの　深い色出し　重ね塗り
人にもいえる　心の重ね

動く心のアルバム

今の心はどんなかな？　長い人生のアルバムは、どの辺まで創れたの？
いいものは、絵でも、写真でも、音楽でも、奥深いドラマを
持っているよ！　その中に描くものは、山あり、谷あり、花が咲き、
川の流れに、列車あり、青空もあれば、雨もある、四季折々の中に
〝心の動くもの〟があるんだね……
人間の一生もおんなじさ！　色々なドラマ（経験）を創って大小なりの、
山あり、谷あり、そこにどんな景色が描けるか
奥行きを感じさせる程
その人のドラマの奥深さを物語る生き方となるんだね……

たった一枚の写真から

不思議なもので、何の世界にもいえるのですが、さりげない会話の中から
その人の考え方、捉《とら》え方、人の見方、感じ方、会話の仕方
深い中から出てくる言葉の一言の中には、満足感のある言葉と一緒で
たった一枚の写真の為にシャッターを切る、その瞬間に撮る人の心が入り
その中から濁《にご》さず一点を見つめ写し撮る
四季折々に触《ふ》れ自然の表情を訴えるかのように季節をドラマにして
語らせる
いい写真は、どの写真を見ても感動の世界へ招き入れてくれる
〝心ときめく〟〝この一枚〟、〝このとき〟、〝この瞬間〟
思わず一言、「ウワッ凄い！」写真の中へ入り込み、想像力を描きたてる
感動の世界を言葉のシャッターで、撮ってみました

最終的に人間の価値観は〝心〟で決まる

人間は、人それぞれ一生をかけて自分なりの様々なドラマを創り上げていく。そしてそのドラマの中では必ず、その人その人の創り上げてきた〝心〟というものが全てを誘導しています。

心が人間の目に見えているものであったとしたなら、もう少し心のあり方を考えて反省をしながら綺麗に整理整頓をしなくては、という行動に駆られてくるかも知れません。でも残念なことに綺麗な心も、汚い心も人間に見えてないだけに、せっかく神から生を受け（丸い心持参つき）で生まれてきたのに、生きていく上で勝手に歪《いびつ》な心を創りあげ、表面上では見えないことをいいことに歪《ゆが》んだ心だけを大きくして、その上にあぐらを掻《か》きながら歳を重ねて、人生の旅の終着駅に向かって辿り着く……。

その間の生き方は、ある人は、せっかく商売上手でお金儲《もう》けはしたものの、お金にものを言わせて横柄な態度をとってみたり、時には人を見下して見たり、また別の人は丁度、海にいるヤドカリのようにプライドの殻で囲いをつくり、どこへ行っても常に、その殻を見せてから自分を添える。殻を持参している分だけ何故か見苦しい。また嫉妬《しっと》の集積所から出発して〝ネチネチセット線〟の電車に乗り、常に〝嫌がらせ駅〟まで切符を買って喜んでいる人。時には誰も見ていないことをいいことに、〝まるで歌舞伎の七変化〟のようにあの人、この人、その人に、よってころころと態度や言葉遣いを変える。

最終的に人間としての本当の価値観とは、何のしがらみや、関係もなく枠を外した姿、形に捉《とら》われず第三者が見て、一人の人間としてどこか魅力があり、人間の真髄を見ても、今までに培《つちか》った大きく豊かな心が周りに潤いを持たせる人。このような人が本当の価値ある人間となる訳です。

生きる人生の種

誰でもみんな心に残る懐かしい、思い出があるよ
目を閉じて幼き時の自分がいるよ！　何のかけ引きもなく
素直な気持ちで、感じたままの姿で、行動をとっていたね
小さいながらにも、それなりに悔し涙を流した、大した事でなくても
喜んだり、笑ったり、素直な時代を何度も何度も思い出そうよ
そう！　その感触を忘れたら駄目なんだよ！
そこが人間創りの一番大事な〝元〟の種なんだよ

価値観の道

人の歩く道にも、何とも便利な〝アスファルトの道〟、また舗装されてない、〝がたがた道〟、時には思いもかけない〝通行止めの道〟、道に迷ってしまい先の見えない〝樹木の生い茂った道なき道〟、その他、様々な道があります。

人生を街道に例えますと、どんなに道に迷っても〝生きている限りは〟必ずどこかに辿り着く道がある筈です。その場所、その時、その様子、から行動をとり、何かを掴《つか》みとって肉づけをしていく筈です。歩きやすいアスファルト（公道）の道では、何の苦労をしなくてもスタスタと自然に歩いていける、これでは歩けることが当たり前の気持ちとなり、感じたままの運び足になり、とても歩き難《にく》い道の事など分かる筈もありません。そうです！　問題と答えが同時に出ているようなもので考えることを必要としない人生街道の〝公道編の道〟となる訳です。これが昔の格言「苦労は買ってでもしろ」の通り、別の複雑な

〝心の街道〞を通らない限りは、およそ何も〝判らない！〞何も〝感じない！〞〝人の気持ちも汲めない！〞　自己中心的に物事を考える人となり、当人自信が歳だけ重ねても、その事にすら気がつかない……何とも空しい限りの人間創りとなるわけです。そのような人に限って自身に驕《おご》り、自身が見えず、そして何とも世間を知っているつもりになっているようです。

内容は奥の深いところを書いているのですが、あえて〝道〞に例えてみました。〝がたが た道〞で、何とも歩きにくい道〝窪んだ所〞に、足を取られてしまい捻挫をしてしまった、言葉に出せない痛み、これもその体験をしてみないと分からない痛みとなる訳です。全ての通った道から〝何かを学び〞、〝何かを生かし〞、〝何かを実行する〞……それが人生の価値ある〝応用編の道〞となる訳です。道中の焦りから来る不安、絶望、喜び、追求、安心感など何本もの人生街道を通り抜けて始めて身につけてきた感覚こそが、その人の財産となる訳です。人生街道とは公道（極端な凹凸の道ではない一般的な人が通る道）ではなく、中々人の通らない奥深い棘《いばら》の道を歩き、そのような中から一般の人の〝感じない〟、〝見えない〟、〝読み取れない〟奥深い〝心の言葉〟を練り上げていく……。それを人生にプラスアルファしていく。その違いは大きいのではないでしょうか。

深い心というものは頭の運動会だけでは分からない〝生きている心〟のキャッチから生まれてくるもので〝重さのある肝心要の価値観〟と繋がってくるのではないかと思います。

深い道
歩けばこその
味ごころ

生きている景色

あの川も、あの畦道も、あの山も、みんな景色の仲間だね
そうさ、みんな仲良く手をつないで仲間同士で挨拶しているよ
そんな中に、人間も添えられていると、言うことなのさ
だから何が欠けても困るのさ
だって自然は生きている〝人間の心を養う役目〟をしているんだから
そうさ、そうなのさ、みんな役目を持たされて生きているんだネ！
だから心の中で
〝いつもお世話になっています！〟
〝いつも有難うございます！〟
〝いつも感謝をしています！〟
そんな気持ちでいると優しい心が育つのさ

味わい袋（大）が本物

この〝味わい袋〟とは、人生経験度を元にした〝心〟の袋の大きさです。

人間の奥深い心を読むためには、その読もうとする人自身が、人生の絶頂期（大）または（中）または（小）の、経験度を味わい、その中では、挫折もセットとなり、グレーの空気をかき分けながら精一杯の努力をし、また結果の出た時の満足感などを味わい、次のステップへと、……そんな試練の運動会をしながら心を創り上げ、生きるという重さを充分に感じ取り、始めて心の奥深さが読めるようになる訳です。

〝味わい袋〟の中にも（大、中、小）とあるのですが、（中、小）位までの経験の方はそこそこいるようですが（大）となりますと貴重な存在となる訳です。この（大）を味わって、初めて大きな〝心〟がスライドして拡大したり、縮小したりと、そんな中から人間の見方にしても然り、心を読んだりと、本物の洞察力《どうさつりょく》というものが生まれてくるという訳です。

一人の「人間のランクを心の一覧表」に例えてみますと山の頂点に近い九合目辺《あた》りのラインに辿《たど》り着いた時、初めて（大）の〃味わい袋〃が現れ、〃人の見えない〃、〃読めない〃、〃感じない〃部分が手に取るように分かってくるとなる訳です。

心の洋服

時々生きていくのに右左の分かれ道に差し掛かる
自分で選んで進む道……神様はきっと今歩いている道は
貴方が創って来た道ですよ……と
あのね！　生まれた時はみんな裸でまれてきたんだよ
赤ちゃんは何のかけ引きもしてない素直な心を持っているよ
見えない「心」に綺麗な洋服を着せるのも
汚い洋服を着せるのも、やっぱり自分だね

人生は心のマラソン　鉢巻隊

人間は生まれたときから、その人その人の生き方、心のあり方に沿って己自身で創り上げた、オリジナルの道を歩いているわけです。このオリジナルの道に至るまでが中々大変で、生まれた時から不公平の道に創られている訳で、マラソンレースに例えるならば、世間並みの人は、一般的なスタートライン、また生活に苦労する道から始まっているような人は、スタートラインが最初から一段下がって、マイナスラインから走り始めているようなもの、一方、生まれながらにして、恵まれたスタートラインの人は、プラスアルファがあって一段上がった所から走り始めている。

このような人達との中からさまざまな交じり合いが始まる訳でございます。

人生「運が九割、実力一割」という例えがありますように、〝運〟の方で寄って来てくれたなら誰も文句も言わずにみんな目元は優しく八時二〇分になる筈です。ところが「オットッ！　ドッコイ！」となるわけで、世の中は、どんなに努力しても才能がありながらその〝運〟とやらに中々めぐり合えずに苦労をする人も多いのです。そんな中から〝ゴチャマゼ人間創り〟として、生きているさまざまな証《あかし》のドラマが生まれてくる訳です。このような中から心が創られ、削られと、その人その人の生き方、心のあり方次第で人間性（価値観）が出来上がってくるわけです。

こうなってきますと、もう誰でもありません。己の正直な姿（雰囲気）がしっかりと、ある程度の年齢（中年）に辿《たど》り着いたときには出来上がっているわけです。

長い人生のドラマの中から……時には恋をして振ったり振られたり、心が晴れたり曇ったりと、さまざまな経験の中から喜び、満足感を味わったところは永久保存をして置き、〝後悔〟、〝反省〟と、学びの部分は折りたたんで自分の肥やしにしていくのです……。

何時の世もすべて何事も金、金、金、お金が有ってはじめて全てが回ってい

人生の
歩みそのまま
顔に出る

くと人は言う、その通りかも知れない……でもこのお金が中々の曲者で、入ってくる時は〝とぼとぼと〟出ていく時は〝超特急〟、何故か不思議と中々〝渋滞中〟にはならないようです。

このお金とは麻薬のようなもので、みんな吸い寄せられたり振り回されたりと、無責任な、お金に執着駅（終着駅）はありません。

またマラソン鉢巻隊（読者）の中には、お互い若くして結婚したため相手のことなど見えているようでまったく見えて無かった！　結婚してある程度の年数を重ねて行く内に人間性のテンポがまったく噛み合わないことに気が付いた、そんな夫婦のワンセットの人達に於いては、時には夫も、時には妻も、歳を重ねた分だけ人生のマラソン距離がプラスアルファされ、色々と見えないものが見えてきて、複雑な気持ちが交差する、そのような時にある日、突然ひょんなめぐり合いからこんな人とならテンポ（波長）も合いそうだし、「ア〜ァめぐり合いが遅かった！　残念！」と、心の奥底で叫んでいる人達も中にはいるのではないかと思います。

そして〝諦めの心創り地固め街道〟をキッツキの如《ごと》くひたすらコツコツと創り上げていくわけです。

そのような中から、ある程度の年齢に辿り着いた時、自分自身の〝一生をかけての大傑作！〟として己の顔が出来上がるのです。修正上手になるか修正下手になるか……心のあり方次第となり、生まれつきの顔プラスアルファで〝柔和な顔〟になるか、マイナスの〝険しい顔〟になるか、また常時、緊張感がなく何となく安心感だけがブランコに乗っているような、〝マシュマロ顔〟になるか、常日頃の行動から出来上がってくる〝心と顔のワンセット組み〟として正直に物語り、自分だけのオリジナルの「心のマラソン鉢巻隊」としての道を歩いていく訳でございます。

そしてその評価は誰でもありません、顔つきも心も世間の人が、かけ引きなしに判断をして点数をつけてくれる……となるわけでございます。

大切な揺《ゆ》さぶる心

生きている内は、幾つになっても自身に目標持たせ刺激を
与えて生きることが、大事なことなんだね
燃える意気込み、〝感激〟、〝感動〟、「よし！　今度こそ！」自身で自身に
期待を持たせ、〝もしかして〟、〝もしかしたら〟、〝もしかになったその時〟
は？」
〝心どきどき〟揺さぶる心の緊張感！　〝ねじり鉢巻この気分を〟持つ人
持たない人とでは大違い……生きている限り老若男女問わず
小さなことでも感激、感動、を忘れずに……そんな心でピチピチと
泳ぐ心を持つことが大切なことなんだね

花の道

花には数え切れないほどの種類がいっぱいあるけれど
同じ花の仲間なのに、どんな花になりたいかは自分では選べない
だから、与えられたカラーで生きるしかない〝花の道〟なんだ……
暗い土の中でじっと耐えながらパワーの源づくりをして
お日様にめぐり会えた時の幸せ色は綺麗だね
〝花を咲かせるまで〟の過程と
〝散り際までの過程〟には
人間に〝生きる〟という原点の
奥深いものを教えられているような気がするよ！

おわりに

まずは、数多い本の中から、この本を手に取っていただきましたことに、心より感謝申し上げます。

この世に生まれ出てたった一つしかない「尊い命」。

〃一人の人間としての重み〃という言葉は遠い昔のことのように感じられる昨今、こんな殺伐《さつばつ》とした世の中になってしまい、今の日本はどうなってしまったのでしょうか？

ちょっとしたことで、すぐプッツンして切れてしまい、ゲームの如く簡単に尊い命を奪ってしまう。このような出来事の発端《ほったん》としての一つには、世に溢《あふ》れかえっている殺人事件のドラマ、アニメ、ゲーム、ビデオ、その他が当たり前のように作られることだと思います。そのような流れの中、益々エスカレートして更に刺激あるものを……と、見る側も更に刺激を求めて、作り手と観る側のキャッチボールで作られていく、このような中から、ひとつの〝悪としての大ヒントを製造していく〟、悪循環となっているように感じています。

自分たちのことだけ考えるのではなく、**人の痛み、苦しみ、悲しみ、同じ人間同士だからこそ、人ごとと思わずに我に置き換えて、自分が逆の立場だったらと考え、**今この人に対して自分でできることはなんだろうと、少しでも力になれたらお互い人間同士もう少し温かい風が吹いてくるのでは……と思います。決して金銭だけが解決の道ではありません。〝心の援助〟というものは、ある部分においては、生きていく上でお金以上の価値があるものです。

そのくらい今の日本は〝心不足〟なのです。

長い人生の間には、時として一人の人間がひとつの心だけでは、とても悩みを抱えきれず、耐えられない時もあるものです。いざ一人の人間となると本当に弱いものです……深く体験し、噛みしめた者こそその苦しみが分かる筈です。

どうか**誰でも〜〝夢〟〜〝希望〟〜〝努力〟〜〝挑戦〟の、言葉を生かしながら、普通に泳いでいける世の中に**なりますように、ただただ願うばかりです。

最後に、読者の皆様方に幸せが舞い降りますよう、心よりお祈りいたします。

癒されるその感触は柔らかい

田方　薫（たがた　かおる）

二十代より都内で会社経営に携わる。

数多の困難に遭遇してきた貴重な経験を基に、独自の奥深い発想、人生観を纏める。またカメラレンズを通して「人と心と自然」の大切さを追求していき、読者の方々と共に、生きる原点「心の健康」を語り合いたいと考えている。

著書に『走って転び、頷いて、心が勝手に歩き出す』（文芸社）がある。

人生《じんせい》は心《こころ》のマラソン　鉢巻隊《はちまきたい》

二〇一〇年六月八日　第一刷発行
定価はカバーに表示してあります

著　者　田方《たがた》　薫《かおる》
発行者　平谷茂政
発行所　東洋出版株式会社
東京都文京区関口 1-23-6, 112-0014
電話（営業部）03-5261-1004　（編集部）03-5261-1063
振替 00110-2-175030
http://www.toyo-shuppan.com/
印　刷　モリモト印刷株式会社
製　本　根本製本株式会社
 ISBN 978-4-8096-7623-9